DORIC SANGBE
(PERT EEN

by Brian Whyte

No part of this book may be reproduced, stored in a retrieval system, or transmitted by any means without the written permission of the author.

© Brian Whyte, 2021

All the songs featured in this book are Doric re-workings of chart hits and classic album tracks. They date from the 1950's all the way to the 2020's, with each decade being represented. However, with re-releases and cover versions many of these songs are known from more than one period in time. The artistes named (well, shown with a spoof name) need not be those of the original recording of a particular song, or the highest chart entry achieved with that song, but they most certainly are associated with the song, and well known for it.

It should be noted that the use of Doric may vary from song to song. This is because there is more than one homogeneous form of the dialect. That is to say that words used in the Mearns may differ from words in common speech in Buchan, for example. In addition, there are instances where a Doric word is not used (or slightly tailored), and that is because it is felt that the flow of the lyric is better by omitting it, fitting more with the mood and/or tempo of the original. But, the most important thing is ... IT'S A BIT OF FUN!

In any case, I hope that you know most (if not all) of the songs .... and sing along!

A FITER SHADIE O' PALE
(by Purple Harem)

We skippit deein a funcy tango,
Turnt kairtwheels ower i'flair.
Ah wiz feelin a bittie queer kine,
Bit abiddy caaed oot fur mair.
I'room wiz spinnin fester,
As i'roofie blew awa.
Fan we caaed oot fur anithir drink,
We got nithin ava.

An so it wiz efterward,
'At i'smiddy telt his tale.
That her face at first jist ghastly,
Turnt a fiter shadie o' pale.

She said 'ere wiz nae reason,
An i'truth wiz plain tae see.
Bit ah shuffilt aa ma playin cairds,
An Ah jist widna let it be.
Een o' sixteen chuntry virgins,
Fa wir haikin tae i'toon.
An though ma een wir wide open.
Ah cudna see fur lookin doon.

An so it wiz efterward,
'At i'smiddy telt his tale.
That her face at first jist ghastly,
Turnt a fiter shadie o' pale.

An so it wiz efterward ...

A SMOOTHIE KIND O' LOVE
(by i'Braintwisters)

Fan Ah'm feelin grey, aa Ah hae tae dae,
Is drink a cuppie tay, then Ah'm no sae grey.

Gingin up i'street, Ah kin feel yer hertbeat.
Ah kin feel ye breathin in ma lug.

Wid ye no agree, quinie ye an me,
Hiv got a smoothie kind o' love.

Onytime ye wint tae, ye kin turn me intae,
Onythin ye wint tae, onytime at aa.

Fan Ah kiss yer lips, Weel, Ah stert tae shiver,
Canna control ma quiverin inside.
Wid ye no agree, quinie ye an me,
Hiv got a smoothie kind o' love.

Fan Ah'm feelin grey, aa Ah hae tae dae,
Is drink a cuppie tay, then Ah'm no sae grey.

Fan Ah'm in yer erms, 'at is fit Ah treasure,
'At's fit gies me pleasure, Aa i'time.

Wid ye no agree, quinie ye an me,
Hiv got a smoothie kind o' love.
We've got a smoothie kind o' love (ooh, woo).
We've got a smoothie kind o' love.

AA ABOOT 'AT FACE
(by Beggin Trader)

Because ye ken Ah'm aa aboot 'at face.
Aboot i'face, nae trouble.
Ah'm aa aboot 'at face. Aboot i'face, nae trouble.
Ah'm aa aboot 'at face. Aboot i'face, nae trouble.
Ah'm aa aboot 'at face. Aboot i'face (face, face, face, face).

Aye, it's affa clear, Ah'm nae a size fower.
Ah kin fair shak it, michty Ah kin shak it aa ower.
Ah've gotten braw ligs an Ah've a bonnie face.
An athing Ah've got is in i' richt place.
Ye see aa yon fowk workin awa in a shop.
Slavin awa until fly time an then they kin stop.
We've aa got oor beauty, raise yersel up.
Abiddy's perfect, fan it comes tae some hip-hop an be-bop.
Dinna fret aboot yer size, ye'll aye attract guys.
Abiddy likes somebiddy tae bosie intae at nicht.
Ah'm nae stick figure, nivir winted tae be 'at wie.
So, if 'at's fit yer sikin, Ah'll tell ye tae move on, a'richt?

Because ye ken Ah'm aa aboot 'at face.
Aboot i'face, nae trouble.
Ah'm aa aboot 'at face. Aboot i'face, nae trouble.
Ah'm aa aboot 'at face. Aboot i'face, nae trouble.
Ah'm aa aboot 'at face. Aboot i'face (hey).

Clartit in make up, jist isna me. Ah'll tell abiddy 'at.
Fa cares if yer skinny or think 'at yer fat? Ah'm tellin ye,
Abiddy's perfect, fan it comes tae some hip-hop an be-bop.
Dinna fret aboot yer size, ye'll aye attract guys.
Abiddy likes somebiddy tae bosie intae at nicht.
Ah'm nae stick figure, nivir winted tae be 'at wie.
So, if 'at's fit yer sikin, Ah'll tell ye tae move on, a'richt?

Because ye ken Ah'm aa aboot 'at face.
Aboot i'face, nae trouble.

Ah'm aa aboot 'at face. Aboot i'face, nae trouble.
Ah'm aa aboot 'at face. Aboot i'face, nae trouble.
Ah'm aa aboot 'at face. Aboot i'face.

Because ye ken Ah'm aa aboot 'at face.
Aboot i'face, nae trouble.
(Aye) Ah'm aa aboot 'at face. Aboot i'face, nae trouble.
Ah'm aa aboot 'at face. Aboot i'face, nae trouble.
Ah'm aa aboot 'at face. Aboot i'face.
Ah'm aa aboot 'at face. Aboot i'face.
Aye, aye, aye, och,
Ye ken Ah love this face,
Och, och, och aye.

AA SHOOKEN UP
(by Elmer Parsley)

Ooooh, Ah'm aa shooken up.
Uh huh huh, Mm mm mm mm.
Yay, yay, yay.

Weel, bless ma sowel, fit's wrang wi' me?
Ah'm lit up like a fairy up a Christmas tree.
Ma freens say Ah'm actin like a wee pup.
Ah'm in love. Ah'm aa shooken up.
Mm mm mm mm. Yay, yay, yay.

Weel, ma hauns ir shakky an ma ligs ir weak.
Ah canna even staun on ma ain twa feet.
Fit diz it feel like fan ye win i'cup?
Ah'm in love. Ah'm aa shooken up.
Mm mm mm mm. Yay, yay, yay.

Weel, dinna baather askin me fit's on ma mind.
Ah'm gie mixed up, bit Ah'm still feelin fine.
Ah only ken een cure fur 'is body o' mine.
Is tae hae yon quine 'at Ah love sae fine.

Weel, she took ma haun, och fit a thrill tae get.
Her lips ir like a volcano fan it's het.
Ah'm prood tae say 'at she's ma buttercup.
Ah'm in love. Ah'm aa shooken up.
Mm mm mm mm. Yay, yay, yay.
Mm mm mm mm. Yay, yay, yay.

Ah'm aa shooken up.

ACH ..... AH'VE DEEN IT AGAIN
(by Whitney Shears)

Aye, aye, aye, aye, aye.
Aye, aye, aye, aye, aye, aye.

Ah think Ah've deen it again,
Ah mad ye believe 'at we're mair than jist freens.
Och noo, it micht seem like a crush,
Bit, Ah dinna think Ah should rush.
Cause if Ah loss i'heid, it's likely we'll baith wind up deid.
Och noo, aye.

Ach, Ah've deen it again,
Played wi' yer hert an noo Ah'm tae blame.
Och noo, aye.
Ach, dae ye fancy me?
Ah fancy you, ye see,
An Ah'm no innocent.

Ye see, ma problem is this, Ah'm dreamin awa.
Wishin 'at heroes really exist, Ah greet watchin fitba.
Kin ye no see Ah'm a feel in sae muckle wies,
Bit, tae loss aa ma sense, weel, 'at's jist really like me.
Oh weel, oh.

Ach, Ah've deen it again,
Played wi' yer hert an noo Ah'm tae blame.
Och noo, aye.
Ach, dae ye fancy me?
Ah fancy you, ye see,
An Ah'm no innocent.

Aye, aye, aye, aye, aye, aye.
Aye, aye, aye, aye, aye, aye.

Abiddy on!
Whitney, afore ye ging, 'ere's somethin Ah wint ye tae hae.

Och, it's bonnie, bit jist a meenit, is this no ... ?
Aye, it is.
Bit Ah thocht an aul wifie drappit it in i'sea near i'end.
Weel, quine, Ah wint doon an got it fur ye.
Ach, ye shouldna hae.

Ach, Ah've deen it again tae yer hert
Ah'm ayewiz tae blame.
Ach, dae ye think we fancy each ithir?
An Ah'm no innocent.
Ach, Ah've deen it again,
Played wi' yer hert an noo Ah'm tae blame.
Och noo, aye.
Ach, dae ye fancy me?
Ah fancy you, ye see,
An Ah'm no innocent.

Ach, Ah've deen it again,
Played wi' yer hert an noo Ah'm tae blame.
Och noo, aye.
Ach, dae ye fancy me?
Ah fancy you, ye see,
An Ah'm no innocent.

AH CANNA LET AGGIE GING
(by i'Honeycairt)

She maks me lach, she maks me greet.
Kicks me wi' her great big feet.

She flees like a craw in i'sky.
She flees like a craw bit she nivir flees awa.
She flees like a craw, och me-oh-my,
Ah see her sigh.
So Ah sing, Ah canna let Aggie ging.

In unnerwear, fleein throu i'air.
It's nae wunner 'at maist fowk stare.

She flees like a craw in i'sky.
She flees like a craw bit she nivir flees awa.
She flees like a craw, och me-oh-my,
Ah see her sigh.
So Ah sing, Ah canna let Aggie ging.

She flees like a craw in i'sky.
She flees like a craw bit she nivir flees awa.
She flees like a craw, och me-oh-my,
Ah see her sigh.
So Ah sing, Ah canna let Aggie ging.

She flees like a craw in i'sky.
She flees like a craw bit she nivir flees awa.
She flees like a craw, och me-oh-my,
Ah see her sigh.
So Ah sing, Ah canna let Aggie ging.
Ooooh!

AH COULD BE SAE MUCKY
(by Kelly Ma'rogue)

In ma imagination, 'ere is nae complication.
Ah dream aboot ye aa day lang.
Ah feel like a celebration, an affa braw sensation,
'At is foo Ah'm singin 'is sang.

In ma imagination, 'ere is nae hesitation,
We'll walk igithir side by side,
Ah'm dreamin, ye fell in love wi' me,
Bit Ah fell in a heap.
An dreamin's aa Ah dae,
Ah'm clartit an asleep.

Ah could be sae mucky. Mucky, mucky, mucky.
Ah could be sae mucky richt noo.
Ah could be sae mucky. Mucky, mucky, mucky.
Ah could be sae mucky richt noo.

It's a silly situation, ye ayewiz keep me waitin,
Because it's only mak believe.
An ye ken ah'd rin a mile, jist tae see ye fur a file.
An hope ye widna turn an leave.

Ma hert is close tae brakin, Ah canna ging on fakin,
Aa i'muck on me is cakin.

Ah could be sae mucky. Mucky, mucky, mucky.
Ah could be sae mucky richt noo.
Ah could be sae mucky. Mucky, mucky, mucky.
Ah could be sae mucky richt noo.

Ah could be sae mucky (sae mucky, sae mucky).
Ah could be sae mucky Ah, Ah (Ah, Ah).
Ah could be sae mucky (sae mucky, sae mucky).
Ah could be sae mucky Ah, Ah, Ah, Ah, Ah, Ah, Ah, Ah, Ah, Ah.

In ma imagination, 'ere is nae hesitation.
Washin is nae complication.
Ah'm dreamin, ye fell in love wi' me,
Bit Ah fell in a heap.
An dreamin's aa Ah dae,
Ah'm clartit an asleep.

Ah could be sae mucky. Mucky, mucky, mucky.
Ah could be sae mucky richt noo.
Ah could be sae mucky. Mucky, mucky, mucky.
Ah could be sae mucky richt noo.
Ah could be sae mucky. Mucky, mucky, mucky.
Ah could be sae mucky richt noo.
Ah could be sae mucky. Mucky, mucky, mucky.
Ah could be sae mucky richt noo.

AH DINNA LIKE MONKEYS
(by i'Bangtoon Mice)

I'silly kirby grip upon her heid,
Aye lookit jist i'same.
An naebiddy's gan tae ging tae skweel i'day,
She's gan tae mak 'em bide at hame.
An her faither disna unnerstan it,
As he stans wi' his pipe an his cape.
Fur he kin see nae reasons,
Cause there ir nae reasons.
Fit reason div ye need tae ging ape?

Ah dinna like monkeys (tell me fit wie).
Ah dinna like monkeys (tell me fit wie).
Ah dinna like monkeys. Ah wint tae set i'hale troup free.

I'coffee machine is kept affa clean,
As it poors anithir latte.
If ye stop ettin cakes, fur gweedness sakes,
Then ye winna wind up bein a fatty.
Look at Gertie, at i'chimps tea perty.
She's haein her treat, admittin defeat.
An kin see nae reason,
Fur 'ere is nae reason.
Fit reason div ye need tae be beat?

Ah dinna like monkeys (tell me fit wie).
Ah dinna like monkeys (tell me fit wie).
Ah dinna like monkeys. Ah wint tae set i'hale troup free.
Free, free, set 'em aa free.

An aa i'baboons hiv stopped their playin noo.
They've gan tae sulk, awa in i'huff.
Fur i'funky gibbons, hiv nicked aa their ribbons.
So, they canna wrap up their stolen stuff.
Ah weel noo, aa their swingin set alarm bells ringin,
Ah jist wint them awa fae ma hoose.

An Ah kin see nae reason,
Fur 'ere is nae reason,
Fit wie kin Ah no set 'em loose, loose? Och, och, och.

I'silly kirby grip upon her heid,
Aye lookit jist i'same.
An naebiddy's gan tae ging tae skweel i'day,
She's gan tae mak 'em bide at hame.
An her faither disna unnerstan it,
As he stans wi' his pipe an his cape.
Fur he kin see nae reasons,
Cause there ir nae reasons.
Fit reason div ye need tae ging ape?

Ah dinna like monkeys (tell me fit wie).
Ah dinna like monkeys (tell me fit wie).
Ah dinna like, Ah dinna like (tell me fit wie).
Ah dinna like monkeys (tell me fit wie).
Ah dinna like monkeys (tell me fit wie).
Ah dinna like, Ah dinna like (tell me fit wie).
Ah dinna like monkeys.
Ah wint tae set i'hale troup free.

AH HAE A DRAM
(by i'Scottish Curled Pup Squid)

Ah awoke een nicht in a fever and i'sky wiz i'darkest blue,
(Blue sky)
An somebiddy's voice wiz caa'in tae me,
(Yer country is needin ye)
Aye, jist like 'at.
An awa ower i'park 'ere, Ah kin jist mak oot 'is baa,
Comin in fae i'richt, an Ah'm stertin tae rin, tae rin like hell,
An i'voices ir gettin looder an looder an looder, cryin,
Hey big yin, gan yersel.

Ah hae a dram (we hae a dram),
Jist een or twa (jist een or twa),
Then bonnie Scotland (then bonnie Scotland),
We kin play fitba (we kin play fitba).
Noo Ah hope an pray (we hope an pray),
That if Ah dae (that if we dae)
Then bonnie Scotland, we'll win a cup een day.

Noo, i'nixt thing Ah ken, somebiddy's gan an trippit me
An Ah've faa'in jist inside i'box. ('at's a penalty)
Noo, i'ref hiz lookit at i'linesman,
An he's pyntin richt at i'spot. ('at's brilliant)
Noo Johnny Robertson fa normally taks 'em,
Is handin i'baa tae me. (ye dinna say)
An then Ah hear ma aul quinie screamin her heid aff,
She's sayin 'That's no i'ba yer kickin ye big gype, it's me!'

Ah hae a dram (we hae a dram),
Jist een or twa (jist een or twa),
Then bonnie Scotland (then bonnie Scotland),
We kin play fitba (we kin play fitba).
Noo Ah hope an pray (we hope an pray),
That if Ah dae (that if we dae)
Then bonnie Scotland, we'll win a cup een day.

We hae a dram. Jist een or twa.
Then bonnie Scotland we kin play fitba.
We hope an pray (we hope an pray),
That if we dae (that if we dae)
Then bonnie Scotland, we'll win a cup een day.

AH STILL HAVNA FUND FIT AH'M LOOKIN FUR
(by V3)

Ah hiv climmed up Ben Nevis, Ah hiv rin throu i'parks.
Jist tae be wi' ye. Jist tae be wi' ye.
Ah hiv run, Ah hiv crawled, an Ah've screamed an Ah hiv bawled.
Jist tae be wi' ye.

Bit, Ah still havna fund fit Ah'm look fur.
Bit, Ah still havna fund fit Ah'm look fur.

Ah hiv kissed cherry lips, felt i'bonnie fingirtips.
It burned like fire,'is burnin desire.

Ah hiv spoken wi' i'mithir tongue, Ah hiv raked throu a pile o' dung.
I wiz warm in i'nicht, an wiz mingin aricht.

Bit, Ah still havna fund fit Ah'm look fur.
Bit, Ah still havna fund fit Ah'm look fur.

Ah believe i'kingdom will come, there'll be nae mair sittin on yer bum.
Sittin on yer bum. ye ken 'at day'll come.

Ye broke i'bonds, an cut i'chains loose. Carried i'cross.
An in ma hoose, och aye ma hoose, we aa ken fa's i'boss.

Bit, Ah still havna fund fit Ah'm look fur.
Bit, Ah still havna fund fit Ah'm look fur.
Bit, Ah still havna fund fit Ah'm look fur.
Bit, Ah still havna fund fit Ah'm look fur.

AH'M GAN TAE BE (500 YERDS)
by (i'Poleclimmers)

Fan Ah wak up, weel Ah ken Ah'm gan tae be,
Ah ken Ah'm gan tae be i'loon fit waks up nixt tae ye.
Fan Ah ging oot, weel Ah ken Ah'm gan tae be,
Ah ken Ah'm gan tae be i'loon fit aye gings oot ye.
Fan Ah'm bleezin, weel Ah ken Ah'm gan tae be,
Ah ken Ah'm gan tae be i'loon 'at gets bleezin wi' ye.
An fan Ah haver, weel Ah ken Ah'm gan tae be,
Ah ken Ah'm gan tae be i'loon fa's haverin tae ye.

An Ah wid haik five hunner yerds,
An Ah wid haik five hunner mair.
Jist tae be i'loon fa haiks a thoosan yerds,
Tae ging tumblin doon i'stair.

An fan Ah'm yokit, weel Ah ken Ah'm gan tae be,
Ah ken Ah'm gan tae be i'loon fa's slavin fur ye.
An fan i'siller comes in fur i'work ah dae,
Ye'll be the een fit gets ma hard earnt pey.
Fan Ah come hame (fan Ah come hame), weel, Ah ken Ah'm gan tae be,
Ah'm gan tae be i'loon fit comes back hame to ye.
An fan Ah grow aul, weel, Ah ken Ah'm gan tae be,
Ah'm gan tae be i'loon fa's growin aul wi' ye.

Bit Ah wid haik five hunner yerds,
An Ah wid haik five hunner mair.
Jist tae be i'loon fa haiks a thoosan yerds,
Tae ging tumblin doon i'stair.

Da da da (da da da)
Da da da (da da da)
Da da da dum diddy um diddy um diddy um da da.

Da da da (da da da)
Da da da (da da da)

Da da da dum diddy um diddy um diddy um da da.

Fan Ah'm lonely, weel Ah ken Ah'm gan tae be,
Ah'm gan tae be i'loon fa's lonely wi'oot ye.
An fan Ah'm dreamin, weel, Ah ken ah'm gan tae dream
Ah'm gan tae dream aboot i'time fan Ah'm wi' ye.
Fan Ah ging oot (fan Ah ging oot), weel, Ah ken Ah'm gan tae be,
Ah'm gan tae be i'loon fit gings alang wi' ye.
Fan Ah come hame (fan Ah come hame), aye, Ah ken Ah'm gan tae be,
Ah'm gan tae be i'loon fit comes back hame wi' ye.
Ah'm gan tae be i'loon fa's comin hame wi' ye.

An Ah wid haik five hunner yerds,
An Ah wid haik five hunner mair.
Jist tae be i'loon fa haiks a thoosan yerds,
Tae ging tumblin doon i'stair.

Da da da (da da da)
Da da da (da da da)

Da da da (da da da)
Da da da (da da da)
Da da da dum diddy um diddy um diddy um da da.

Da da da (da da da)
Da da da (da da da)

Da da da (da da da)

Da da da (da da da)
Da da da (da da da)
Da da da dum diddy um diddy um diddy um da da.

Da da da (da da da)
Da da da (da da da)

Da da da (da da da)
Da da da (da da da)

Da da da dum diddy um diddy um diddy um da da.

Da da da (da da da)
Da da da (da da da)

Da da da (da da da)
Da da da (da da da)
Da da da dum diddy um diddy um diddy um da da.

An Ah wid haik five hunner yerds,
An Ah wid haik five hunner mair.
Jist tae be i'loon fa haiks a thoosan yerds,
Tae ging tumblin doon i'stair.

Fit?
Dinna like it.

Ah like Ireland.

AH'M INTAE SOMETHING GWEED
(by Hey Min's Kermits)

Woke up 'is mornin hauf asleep.
Maist o' ma blankets in a heap.
I'streen Ah met a new quine, och aye, indeed (Ooh, aye).
Somethin tells me Ah'm intae somethin gweed.
(Somethin tells me Ah'm intae somethin gweed).

She's i'kine o' quine fa's no shy at aa.
She's jist i'richt hicht an affa braw.
She jiggit close tae me an Ah kent Ah'd succeed.
(Jiggit wi' me an Ah kent Ah'd succeed).
Somethin tells me Ah'm intae somethin gweed.
(Somethin tells me Ah'm intae somethin).

We only jigged fur a meenit or twa.
Bit aa nicht she nivir left ma side at aa.
Ah kent richt fae i'word go.
She's ivirythin Ah've bin dreamin o'.
(She's ivirythin Ah've bin dreamin o').

Ah walked her hame an she held ma haun.
Ah kent 'is widna be jist an een nicht staun.
Ah askit tae see her nixt wik, an she nodded her heid.
(askit tae see her, an she nodded her heid)
Somethin tells me Ah'm intae somethin gweed.
(Somethin tells me Ah'm intae somethin).
(Somethin tells me Ah'm intae somethin, aaaah).

Ah walked her hame an she held ma haun.
Ah kent 'is widna be jist an een nicht staun.
Ah askit tae see her nixt wik, an she nodded her heid.
(askit tae see her, an she nodded her heid)
Somethin tells me Ah'm intae somethin gweed.
(Somethin tells me Ah'm intae somethin).
(Somethin tells me Ah'm intae somethin, aaaah).
Tae somethin gweed, och aye, tae somethin gweed.
(Somethin tells me Ah'm intae somethin).
Tae somethin gweed, somethin gweed, somethin gweed.

AH'M OWER SEXY
(by Richt Said Ned)

Ah'm ower sexy fur ma love.
Ower sexy fur ma love. Love's gan tae leave me.

Ah'm ower sexy fur ma sark.
Ower sexy fur ma sark. Michty, fit a lark.

An Ah'm ower sexy fur Llanbryde,
Ower sexy fur Llanbryde, Peterculter an Bieldside.

An Ah'm ower sexy fur yer perty,
Ower sexy fur yer perty, Ah'm no dancin wi' Bertie.

Ah'm a model, ye ken fit ah mean.
An Ah gie ye aa a birl on i'catwalk,
Aye, on i'catwalk, on i'catwalk, aye.
Ah gie ye aa a birl on i'catwalk.

Ah'm ower sexy fur ma car,
Ower sexy fur ma car, left it in Braemar.

Ah'm ower sexy fur ma sheen,
Ower sexy fur ma sheen, an ye ken fit ah mean.

Ah'm a model, ye ken fit ah mean.
An Ah gie ye aa a birl on i'catwalk,
Aye, on i'catwalk, on i'catwalk, aye.
Ah gie ye aa a thrill on i'catwalk.

Ah'm ower sexy fur my ...
Ah'm ower sexy fur my ...
Ah'm ower sexy fur my ...

Ah'm a model, ye ken fit ah mean.
An Ah gie ye aa a birl on i'catwalk,
Aye, on i'catwalk, on i'catwalk, aye.
Ah gie ye aa a thrill on i'catwalk.

Ah'm ower sexy fur ma cat, ower sexy fur ma cat.
Peer pussy, noo fancy 'at.

Ah'm ower sexy fur ma love, ower sexy fur ma love.
Love wid nivir leave me.

Bit, ah'm ower sexy fur 'is sang.

ALIGATOR SHEEN
(by Timmy Screw)

Wine, wifies an sang aa i'time.
'At's fit Ah've got an so Ah feel affa fine.
I'rain faas doon an Ah'm soakin weet.
Am an aul mannie an Ah needs a seat.
Ma aligator sheen ir weet through,
Bit, Ah canna get 'em dry i'noo.

Aligator sheen. Aligator sheen.
Aligator sheen. Aligator sheen.

Wine, wifies an sang get me doon.
Ah'll probably wind up gan intae i'toon.
'Ere's aye a bonnie barmaid that'll serve booze.
Bit, Ah kin nivir win, ye ken Ah aye lose.

Wi' ma Aligator sheen. Aligator sheen.
Aligator sheen. Aligator sheen.

Ah've lost sae muckle affa quick,
Ah wish Ah wid think afore Ah spik.
'Ere's naebiddy else bit me tae blame,
An noo Ah've only got twa freens tae ma name.

Aligator sheen. Aligator sheen.
Aligator sheen. Aligator sheen.
They're greetin noo. They're greetin noo.
Aligator sheen.
Aligator sheen.

ANITHER BRICK IN I'WA (PERTS 1-3)
(by Punk Lloyd)

Faither's fleein across i'hallway.
Leavin hame tae get his booze.
Affa quietly closin i'front door,
Seein as mithir's busy haein a snooze.
Mithir! Fit wie did ye need tae hae a snooze?
Aa in aa, he wiz jist a brick in i'wa.
Aa in aa, it's jist anither brick in i'wa.

(You! Aye you - staun still, loonie!)

Weez divna need educated.
Nae controllin o' wir minds.
Nae interficherin in i'classroom.
Teacher, leave 'em loons an quines.
Hey teacher! Leave i'geets aleen.
Aa in aa, we're jist bricks in i'wa.
Aa in aa, it's jist anither brick in i'wa.

(Wrang, dae it eence mair. Wrang, dae it eence mair)

(If ye canna ett yer mett ye'll no get ony puddin.
Foo kin ye hae puddin wi'oot haein mett?)

Ah dinna need yer erms aroond me.
Ah dinna need nae peels tae calm me.
Ah hiv spied i'scrievin on i'wa.
Dinna think Ah need onythin at aa.
Na! Dinna think Ah need onythin at aa.
Aa in aa, Ah'm jist a brick in i'wa.
Aa in aa, it's jist anither brick in i'wa.

AT I'SHOP
(Annie an i'Seniors)

Wah-wah-wah-wah. Wah-wah-wah-wah.
Wah-wah-wah-wah. Wah-wah-wah-wah. At i'shop.

If they stock it they can sell it,
Ye kin taste it, ye kin smell it at i'shop.
Fa cares jist fit yer pickin,
Be it turkey or ae chicken, in i'shop.
Shoppin's i'sensation sweepin aa ower i'nation, at i'shop.

Ach, let's ging tae i'shop.
Let's ging tae i'shop (aye, michty).
Let's ging tae i'shop (aye, michty).
Let's ging tae i'shop.
Come awa, let's ging tae i'shop.

Weel, ye kin feel it, ye kin try it,
Ye kin browse it, ye kin buy it, at i'shop.
Weel, shop aleen or in a group,
Buy yer ingredients fur soup at i'shop.
'Ere's nae need tae fash, they'll tak card or cash at i'shop.

Ach, let's ging tae i'shop.
Let's ging tae i'shop (aye, michty).
Let's ging tae i'shop (aye, michty).
Let's ging tae i'shop.
Come awa, let's ging tae i'shop.

If they stock it they can sell it,
Ye kin taste it, ye kin smell it at i'shop.
Fa cares jist fit yer pickin,
Be it turkey or ae chicken, in i'shop.
Shoppin's i'sensation sweepin aa ower i'nation, at i'shop.

Weel, ye kin feel it, ye kin try it,
Ye kin browse it, ye kin buy it, at i'shop.

Weel, shop aleen or in a group,
Buy yer ingredients fur soup at i'shop.
'Ere's nae need tae fash, they'll tak card or cash at i'shop.

Ach, let's ging tae i'shop.
Let's ging tae i'shop (aye, michty).
Let's ging tae i'shop (aye, michty).
Let's ging tae i'shop.
Come awa, let's ging tae i'shop.

Wah-wah-wah-wah. Wah-wah-wah-wah.
Wah-wah-wah-wah. Wah-wah-wah-wah. At i'shop!

(ATHIN AH DAE) AH DAE IT FUR YE
(by Ryan Madmans)

Look intae ma een, then ye'll see fit ye mean tae me.
Far's yer hert, far's yer sowel?
An if ye fund me there, ye'll look nae mair.

Dinaa tell me it's no worth lee'in fur.
Ye canna tell me it's no worth dee'in fur.
Kin ye no see?
Athin Ah dae, Ah dae it fur ye.

Look intae yer hert, no i'grund.
There's nithin tae be fund.
Tak me because Ah am gey nice.
Ah wid gie ye athin at ony price.

Dinaa tell me it's no worth fechtin fur.
Ah canna help it, It's fit ah'm here fur.
Kin ye no see?
Athin Ah dae, Ah dae it fur ye. Och aye.

There's nae love like yer love,
An naebiddy could gie mair love.
There's naewie unless yer there,
Aa i'time, aa i'wie, aye.

Look intae yer hert, quine.
Och, dinna tell me that ye dinna care.
Ah canna help it, there's nithin Ah wint mair.

Aye, Ah wid fecht fur ye, Ah'd lee fur ye.
Haik i'streets fur ye, an Ah'd dee fur ye.
Ken fit Ah dae?
Athin 'at Ah dae, Ah dae it fur ye.

Athin Ah dae, quine.
Ye'll see 'at it's true.

Ye'll see 'at it's true.
Aye!

Search yer hert an sowel.
Ye canna tell it's no worth dee'in fur.
Ah'll be there, Ah'd sweem i'sea fur ye.
Ah'd dee fur ye, och aye.
Ah'm gan, aa i'time, aa i'wie.

AUL AFORE AH DEE
(by Bobby Walliams)

She's takin me places Ah should nivir hae been.
She's peerin at faces she should nivir hae seen.
Weel, it's gie weird times we're livin in i'day.
Fit i'heck, ah say.

Ah hope Ah'm aul afore ah dee.
Ah hope that Ah kin get past thirty three.
Ah hope Ah'm aul afore Ah dee.
Bit in i'noo Ah'm gan tae live fur i'day.
Jist tak note o' fit ah say,
Ah hope Ah'm aul afore ah dee.

She's a bittie unstable, gie unable tae breathe.
Hert's gan fester, nithin a plester wid achieve.
Weel, it's gie weird times we're livin in i'day.
Hospital, Ah say.

Ah hope Ah'm aul afore ah dee.
Ah hope Ah live tae see aa i'elephants flee.
Ah hope Ah'm aul afore ah dee.
Bit in i'noo Ah'm gan tae live fur i'day.
Jist tak note o' fit Ah say,
Ah hope Ah'm aul afore ah dee.

Weel, it's gie weird times we're livin in i'day.
Fit i'heck, Ah say.

Ah hope Ah'm aul afore ah dee.
Ah hope that Ah kin get past thirty three.
Ah hope Ah'm aul afore ah dee.
Bit in i'noo Ah'm gan tae live fur i'day.
Jist tak note o' fit Ah say,
Ah hope Ah'm aul afore Ah dee.
Ah hope Ah'm aul afore.
Aul afore Ah dee
Aul afore, aul afore, Ah dee, an dee, an dee, an dee.

AYE MIN, AH KIN BOOGIE
(by Frontcara)

Hey min, yer een ir fu' o' hesitation.
It maks me wunner if ye ken fit yer sikkin.
A'richt, Ah wint tae keep ma reputation.
Ah'm sic a sensation.
Div ye ken tae fa yer spikkin?

Och, aye min, Ah kin boogie,
Bit Ah need a richt gweed sang.
Ah kin boogie, boogie woogie aa nicht lang.
Aye min, Ah kin boogie,
If ye bide ye'll no ging wrang.
Ah kin boogie, boogie woogie aa nicht lang.

Na Min, I dinna feel muckle like talkin,
An neither walkin.
Ye wint tae ken if Ah kin dance.
Weel, Aye min, Ah telt ye in i'verse an chorus,
Bit, Ah'll gie ye een mair chance.

Och, aye min, Ah kin boogie,
Bit Ah need a richt gweed sang.
Ah kin boogie, boogie woogie aa nicht lang.
Aye min, Ah kin boogie,
If ye bide ye'll no ging wrang.
Ah kin boogie, boogie woogie aa nicht lang.

Aye min, Ah kin boogie,
If ye bide ye'll no ging wrang.
Ah kin boogie, boogie woogie aa nicht lang.

Och, aye min, Ah kin boogie,
Bit Ah need a richt gweed sang.
Ah kin boogie, boogie woogie aa nicht lang.
Aye min, Ah kin boogie,
If ye bide ye'll no ging wrang.
Ah kin boogie, boogie woogie aa nicht lang.

Aye min, Ah kin boogie,
If ye bide ye'll no ging wrang.
Ah kin boogie, boogie woogie aa nicht lang.

Aye min, Ah kin boogie,
If ye bide ye'll no ging wrang.
Ah kin boogie, boogie woogie aa nicht lang.

BAD MEEN RISIN
(by Credits Coolwatter Arrival)

Ah spy a bad meen arisin.
Ah spy trouble oot aheid.
Ah fear earthquakes an lichtnin,
Ah tell ye 'at isna gweed.

Dinna ging aroon i'nicht,
Ye've nivir seen sic a sicht.
'Ere's a bad meen on i'rise.

Ah hear a nesty howlin win' noo,
Ah think i'end is comin seen.
Ah think Ah'll awa an get fu',
Ah ken 'is withir will be mean.

Dinna ging aroon i'nicht,
Ye've nivir seen sic a sicht.
'Ere's a bad meen on i'rise.

Hope ye've got aa yer stuff igithir,
Get oot o' here seen as ye kin.
Looks like wir in fur nesty withir,
Ah hear thunner makin a din.

Dinna ging aroon i'nicht,
Ye've nivir seen sic a sicht.
'Ere's a bad meen on i'rise.

Get oot o' here i'nicht.
Ye've nivir seen sic a sicht.
'Ere's a bad meen on i'rise.

BALLATER BOAT SANG
(by Hairy Belly Fondy)

Day-oh, day-ay-ay-oh.
Daylicht cam an we wint tae ging hame.
Day, is a day, is a day, is a day, is a day, is a day-oh.
Daylicht cam an we wint tae ging hame.

Work aa nicht on a gie wee dram.
(Daylicht cam an we wint tae ging hame)
Stack i'neeps wi' ma mucker, Sam.
(Daylicht cam an we wint tae ging hame)

Come Mister fermer man, coont up aa ma neeps noo.
(Daylicht cam an we wint tae ging hame)
Come Mister fermer man, coont up aa ma neeps noo.
(Daylicht cam an we wint tae ging hame)

Pu' six inch, seeven inch, aicht inch neeps.
(Daylicht cam an we wint tae ging hame)
Six inch, seeven inch, aicht inch neeps.
(Daylicht cam an we wint tae ging hame)

Day, is a day-oh..
(Daylicht cam an we wint tae ging hame)
Day, is a day, is a day, is a day, is a day, is a day-oh.
(Daylicht cam an we wint tae ging hame)

A bonnie bunch o' neeps ging on i'boat.
(Daylicht cam an we wint tae ging hame)
An doon tae i'toon, awa they float.
(Daylicht cam an we wint tae ging hame)

Pu' six inch, seeven inch, aicht inch neeps.
(Daylicht cam an we wint tae ging hame)
Six inch, seeven inch, aicht inch neeps.
(Daylicht cam an we wint tae ging hame)

Day, is a day-oh..
(Daylicht cam an we wint tae ging hame)
Day, is a day, is a day, is a day, is a day, is a day-oh.
(Daylicht cam an we wint tae ging hame)

Come Mister fermer man, coont up aa ma neeps noo.
(Daylicht cam an we wint tae ging hame)
Come Mister fermer man, coont up aa ma neeps noo.
(Daylicht cam an we wint tae ging hame)

Day, is a day-oh..
(Daylicht cam an we wint tae ging hame)
Day, is a day, is a day, is a day, is a day, is a day-oh.
(Daylicht cam an we wint tae ging hame)

BIRD DUG
(by i'Netherly Brithirs)

Wullie is a jester (he's a bird).
A gie funny jester (he's a bird).
Bit fan he's wi' ma honey (he's a dog).
He's no very funny (fit a dug).
Wullie is a joker an Ah'll skelp him wi' ma poker (he's a bird dug).

Wullie sings a love sang (like a bird).
He sings i' best love sang (ye ivir heard).
Bit fan he sings tae ma quine (on i'prowl).
Tae me he disna soun fine (fit a howl).
Wullie wints tae flee awa bit Ah'll pin him agin a waa (he's a bird dog).

Hey, bird dug keep awa fae ma quine.
Hey, bird dug ye ken 'at she's mine.
Bird dug, ye'd better leave ma fine quine aleen.
Hey, bird dug ging an get yer ain chicks.
Hey, bird dug ye kin tak 'em tae i'flicks.
Bird dug, get awa an fun yersel a lady freen.

Wullie kissed i'teacher (he's a bird).
Stood on a chair tae reach her (he's a bird).
Weel, he's i'teacher's pet noo (he's a dug).
Fit he wints he kin get noo (fit a dug).
Bit Ah will draw i'line at him sittin nixt tae ma quine (he's a bird dog).

Hey, bird dug keep awa fae ma quine.
Hey, bird dug ye ken 'at she's mine.
Bird dug, ye'd better leave ma fine quine aleen.
Hey, bird dug ging an get yer ain chicks.
Hey, bird dug ye kin tak 'em tae i'flicks.
Bird dug, get awa an fun yersel a lady freen.

He's a bird.

BIRKENBUSH VILLAGE LIMITS
(by Eck an Beena Burner)

A kirk hoose, boozy hoose,
A skweelhoose, oot hoose.
Naywie near i'A19,
Aa i'fowk keep i'village clean.
They caa it Birkenbush, och Birkenbush,
Caa it Birkenbush village limits.

Twinty five wiz i'speed limit,
Horse an kertie nae alood int.
Ye gan tae i'shoppie on Seterday,
An tae i'kirk on Sunday
They caa it Birkenbush, och Birkenbush,
Caa it Birkenbush village limits.

Ye ploo parks til yer seek,
On Friday intae toon we'd sneek.
Hae a picnic on a holiday,
Bit back yokit on i'Monday.
They caa it Birkenbush, och Birkenbush,
Caa it Birkenbush village limits.

Nae whisky tae drink, jist Cullen skink,
Shona's satty stovies is aa ye git in i'clink.
They caa it Birkenbush, och Birkenbush,
Caa it Birkenbush village limits.

An aul wee village oot in i'sticks,
Fu' o' billies, neeps an hicks.
A gie quiet wee sleepy place,
Abody kens each ithirs face.
They caa it Birkenbush, och Birkenbush,
Caa it Birkenbush village limits.

BISTRO 3000
(by Plop)

Och, we wiz born within meenits o' each ithir,
Oor mithirs said we cud be sister an brithir.
Yer name wiz Marjory (Marjory), it nivir suited ye.
An they said 'at fan we got big,
We'd get merried at i'Bay o' Nigg.
Ach, we didna dae it, bit we aye thocht o' it.

Ach Marge, div ye mind?
Yer mithir wiz affa kind,
Hid me wined an dined,
Till she got intertwined,
In her Ventitian blind.

An Ah said, Let's meet up sometime nixt year noo.
We kin aye hope 'at it winna poor o' rain.
See ye at twa o'clock at i'copie doon i'road.
Ah didna think that ye'd get merried,
An Ah'd be left doon here aa on ma ain,
On 'at caul an winny day aa yon years ago.

Ye wir i'first quine at skweel fit ah kissed.
An fan Ah touched ye Ah felt yer fist.
Aa i'loons loved ye, bit Ah shyed awa.
Ah fund it hard tae spik tae ye at aa.
We were freens, 'at wiz as far as it wint.
Ah used tae walk ye hame sometimes bit it mint,
Ach, it mint nithin tae ye,
Seein as ye wir sae popular.

Ach Marge, div ye mind?
Yer mithir wiz affa kind,
Hid me wined an dined,
Till she got intertwined,
In her Ventitian blind.

An Ah said, Let's meet up sometime nixt year noo.
We kin aye hope 'at it winna poor o' rain.
See ye at twa o'clock at i'copie doon i'road.
Ah didna think that ye'd get merried,
An Ah'd be left doon here aa on ma ain,
On 'at caul an winny day aa yon years ago.

Dae it. Och aye, och aye.

Ach Marge, div ye mind?
Yer mithir wiz affa kind,
Hid me wined an dined,
Till she got intertwined,
In her Ventitian blind.

An Ah said, Let's meet up sometime nixt year noo.
We kin aye hope 'at it winna poor o' rain.
See ye at twa o'clock at i'copie doon i'road.
Ah didna think that ye'd get merried,
An Ah'd be left doon here aa on ma ain,
On 'at caul an winny day aa yon years ago.

Fit ir ye deein on Seterday, quinie?
Wid ye like tae come an meet me at Rhynie?
Ye kin even bring yer tiny
Loo-oo-oo-oo-oo-oo-oon.
Fit ir ye deein on Seterday, quinie?
Wid ye like tae come an meet me at Rhynie?
Ye kin even bring yer tiny
Loo-oo-oo-oo-oo-oo-oon.
Loo-oo-oo-oo-oo- oon.

BLECK CUDDY AN I'CHERRY TREE
(by PC Turnstile)

Twa, three, fower.

Weel, ma hert kens me better than Ah ken masel.
So, Ah'm gan tae let it dae aa i'spikkin. (woo-hoo, woo-hoo).
Ah cam across a placie in i'middle o' naewie,
Wi' a big bleck cuddy an a cherry tree (woo-hoo, woo-hoo).

Ah got a bittie fleg upon ma back,
Ah said dinna keek back, fund fit yir sikkin (woo-hoo, woo-hoo).
Weel, i'big bleck cuddy said 'Look 'is wie'.
An said 'hey quinie, will ye merry me?' (woo-hoo, woo-hoo).

Bit Ah said na, na, na, na, na, na.
Ah said na, na, yer nae i'een fur me.
Na, na, na, na, na, na.
Ah said na, na, yer nae i'een fur me.

An ma hert hid a problem in i'early morn.
It stoppit deid fur a beat or twa. (woo-hoo, woo-hoo).
Bit Ah cut some tow, an Ah shudna hae deen it,
It'll no forgive me since Ah wint awa (woo-hoo, woo-hoo).

So Ah wint awa tae a placie in i'middle o' naewie,
Wi' a big bleck cuddy an a cherry tree (woo-hoo, woo-hoo).
Noo, Ah winna come back fur Ah'm gey happy,
An Ah'm sic a fussy lassie as ye kin see (woo-hoo, woo-hoo).

An Ah said na, na, na, na, na, na.
Ah said na, na, yer nae i'een fur me.
Na, na, na, na, na, na.
Ah said na, na, yer nae i'een fur me.

Ah said na, na, na, na, na, na.
Ah said na, na, yer nae i'een fur me. (woo-hoo, woo-hoo).
Na, na, na, na, (woo-hoo, woo-hoo).

Na, na, na (woo-hoo, woo-hoo).
Na, na.
Yer nae i'een fur me.

Big bleck cuddy an a cherry tree,
Ah canna quite get back fur ma hert's forsaken me.
Aye, aye, aye (woo-hoo, woo-hoo).
Big bleck cuddy an a cherry tree,
Ah canna quite get back fur ma hert's forsaken me.

BODY TALC
(by Ah'm in i'nation)

Mornin, efterneen an nicht.
We lay igithir side by side.
Searchin fur teeth, searchin fur specs.
Kiddin on we're Posh an Becks.'

An efter shoorin, i'only thing we're poorin is,
Body talc, body talc.

Jist layin in bed on Sunday mornin is affa braw.
It's a treasure, sae much pleasure,
Nae need tae get up at aa.

Tap on i'shooder, gie's me pooder.
Body talc, body talc.

Ah dinna mind, it's cool an kind tae ma saft skin.
Ah've tried gels an creams an aa, bit they're nae yees, na.
Ye need i'pooder tae shak ower yer body.
Skin is treated, nivir heated, an 'at is aa.

Body talc, body talc.

Ah dinna mind, it's cool an kind tae ma saft skin.
Ah've tried gels an creams an aa, bit they're nae yees, na.
Ye need i'pooder tae shak ower yer body.
Skin is treated, nivir heated, an 'at is aa.

Searchin fur teeth, searchin fur specs.
Kiddin on we're Posh an Becks.'

Nae words ir spoken, i'only soun we hear,
Is body talc, body talc.

Body talc.
Body talc.
Body talc.

BRAW HELIUM RASPBERRY
(by Quine)

Is 'is i'real life? Is 'is jist fantasy?
Trappit by a landslide, nae escapin reality.
Open yer een, look up it i'meen an see,
Ah'm jist a peer loon fa naebidy's needin,
Cause Ah'm easy cam, easy gan, bittie high, touchie low,
Onywie i'breeze blaws, disna really metter tae me.

Mithir, jist speart a loon, pit a question in his heid,
Got nae answer, noo he's deid.
Mithir, life hiz jist begun, bit noo Ah've jist flung it aa awa.
Mithir, och aye. Didna mean tae mak ye greet.
Bit, if Ah'm nae back again this time i'morn,
Kerry on as if nithin really mettered.

Latchy kine, ma time hiz cam.
Sends shivirs doon ma spine, body's achin aa i'time.
Ta ta abiddy, Ah've got tae gan.
Got tae leave ye noo an face i'music.
Mithir, och aye, Ah divna wint tae dee.
Sometimes Ah wisht Ah'd nivir bin born ava.

I spy a wee silhouetto o' a mannie.
Scary moosh, scary moosh, kin ye dae a funcy tango?
Thunnerbolt an lichtnin, affa affa frichtnin, eh?
Garlic mayo, garlic mayo, garlic mayo, fig roll. Magic fido.
Ah'm jist a peer loon, naebidy loves me.
He's jist a peer loon fae a peer femily.
Spare him his life fae this monstrosity.
Easy cam, easy gan, will ye lee's aleen?
Busy miller, na – we'll nae leave ye aleen – let him gan.
Busy miller, na – we'll nae leave ye aleen – let him gan.
Busy miller, na – we'll nae leave ye aleen – let him gan.
Winna let ye gang.
Winna let ye gang.
Na, na, na, na, na, na.

Mam, Ah'm here. Mam, Ah'm here. Mam, Ah'm here, lee's aleen.
Beer, ale an grub hiz a de'il pit awa fur me.

So, ye think ye kin steen me an spit in ma ee?
So, ye think ye kin love me an leave me tae dee?
Och cheel, canna dae that tae me cheel.
Jist got tae get oot, got tae get richt oot o' here

Nithin really metters. Onybiddy kin see,
Nithin really metters, nithin really metters tae me.

Onywie i'breeze blaws.

BRIG OWER I'FALLS O' FEUCH
(by Pieman an Carbunkle)

Fan yer wabbit, feelin sma,
Fan tears are in yer een, Ah'll dry them aa.
Ah'm on yer side fan athing's wrang,
An freens jist canna be foon'.
Like a Brig ower i'Falls o'Feuch,
Ah'll lay me doon.
Like a Brig ower i'Falls o'Feuch,
Ah'll lay me doon.

Fan yer doon an oot, fan yer on i'street,
Fan i'nichts draa in, Ah'll comfort ye.
Ah'll tak yer part fan it gits dark,
An pain is aa aroon.
Like a Brig ower i'Falls o'Feuch,
Ah'll lay me doon.
Like a Brig ower i'Falls o'Feuch,
Ah'll lay me doon.

Sail on siller quine, sail richt on.
It's high time that ye did shine,
Aa yer dreams are riggit noo.
See foo they shine.
Och, if ye need a freen, Ah'm sailin richt ahent.
Like a Brig ower i'Falls o'Feuch,
Ah'll ease yer mind.
Like a Brig ower i'Falls o'Feuch,
Ah'll ease yer mind.

BROON EED QUINE
(by Dan Muirison)

Hey, far did we ging, i'day 'at i'sna came?
Doon in i'widdies, playin a neu game.
Lachin an rinnin, ho-ho, skippin an jumpin.
In i'caul stervin wins wi' aa oor herts thumpin,

An ye, ma broon eed quine.
An ye, ma broon eed quine.

An fitivir happened tae i'time gan sae slow?
Gan doon in i'glen wi' a transistor radio.
Staunin in i'sunlicht lachin, hidin ahent a brick waa.
Slippin an slidin aa alang i'watterfa,

Wi ye, ma broon eed quine.
Ye, ma broon eed quine.

Weel, div ye mind fan we yaist tae sing,
Sha-la-la-la-la, La,la,la,la. Oh fit a tee dee.
Jist like yon.
Sha-la-la-la-la, La,la,la,la. Oh fit a tee dee. Fit a tee dee.

So hard tae fun ma wie, noo that Ah'm aa by masel.
Ah spied ye jist i'ithir day, bet ye've a tale tae tell.
Gan back in ma memory, weel, Ah try hard tae keep it in i'past.
Rollin aboot in i'gress, quinie, we shair did hae a blast.

Ma broon eed quine.
Ye, ma broon eed quine.

Weel, div ye mind fan we yaist tae sing,
Sha-la-la-la-la, La,la,la,la. Oh fit a tee dee.
Sha-la-la-la-la, La,la,la,la. Oh fit a tee dee.

BROON QUINE IN I'RING
(by Beeny N)

Broon quine in i'ring. Fa la la la la.
'Ere's a broon quine in i'ring. Fa la la la la la.
Broon quine in i'ring. Fa la la la la.
She looks like a cougar up a lum, lum, lum.

Shove me in yer ocean. Fa la la la la.
C'awa an shove me in yer ocean. Fa la la la la la.
Shove me in yer ocean. Fa la la la la.
She looks like a cougar up a lum, lum, lum.

Aa het watter's dried up. Got naywie tae wash ma cleys.
Aa het watter's dried up. Got naywie tae wash ma cleys.

I mind een Seterday nicht. We hid fried fish an jumbo steaks.
I mind een Seterday nicht. We hid fried fish an jumbo steaks.
Bingo pen.

Broon quine in i'ring. Fa la la la la.
'Ere's a broon quine in i'ring. Fa la la la la la.
Broon quine in i'ring. Fa la la la la.
She looks like a cougar up a lum, lum, lum.

Shove me in yer ocean. Fa la la la la.
C'awa an shove me in yer ocean. Fa la la la la la.
Shove me in yer ocean. Fa la la la la.
She looks like a cougar up a lum, lum, lum.

Aa het watter's dried up. Got naywie tae wash ma cleys.
Aa het watter's dried up. Got naywie tae wash ma cleys.

I mind een Seterday nicht. We hid fried fish an jumbo steaks.
I mind een Seterday nicht. We hid fried fish an jumbo steaks.
Bingo pen.

Broon quine in i'ring. Fa la la la la.
'Ere's a broon quine in i'ring. Fa la la la la la.
Broon quine in i'ring. Fa la la la la.
She looks like a cougar up a lum, lum, lum.

Aa het watter's dried up. Got naywie tae wash ma cleys.
Aa het watter's dried up. Got naywie tae wash ma cleys.

Broon quine in i'ring. Fa la la la la.
'Ere's a broon quine in i'ring. Fa la la la la la.
Broon quine in i'ring. Fa la la la la.
She looks like a cougar up a lum. Lum. Lum.

CAFE ON TV
(by Slur)

Div ye gan feel wi' a chainsaw? Rippin up i'fleer.
Een o' i'DIY fowk, jist stoppin fur a beer.
Yer lugs ir fu' bit they're teem tae. Canna hear a soun.
An aa i' fowk 'at maks a noise, jist niver cam roon.

Did ye see 'at cafe on TV? Affa near tae me.
Ah've seen 'at muckle Ah'm gan blund. Fit is there tae see?
High society is jist nae yees tae me.
Tak me awa fae 'is big bad toon, an ging up tae Portree.
Or is 'at jist pie in i'sky?

Div ye ging tae i'chuntry? It's no affa far.
There's fowk 'ere that'll lach at ye in yer roosty car.
Yer lugs ir fu' o' lachter as ye drive doon i' street.
Get oot fur walk an faa ower yer muckle feet.

Did ye see 'at cafe on TV? Affa near tae me.
Ah've seen 'at muckle Ah'm gan blund. Fit is there tae see?
High society is jist nae yees tae me.
Tak me awa fae 'is big bad toon, an ging up tae Portree.
Or is 'at jist pie in i'sky?

Did ye see 'at cafe on TV? Affa near tae me.
Ah've seen 'at muckle Ah'm gan blund. Fit is there tae see?
High society is jist nae yees tae me.
Tak me awa fae 'is big bad toon, an ging up tae Portree.
Or is 'at jist pie in i'sky?

Och, it's jist pie in i'sky.
Och, it's jist pie in i'sky.
Och, it's jist pie in i'sky.
Och, it's jist pie in i'sky.

CANADIAN TART
(by Dim Mack Layne)

Lang lang time syne, Ah kin still mind fine,
Foo i'music used tae mak me smile.
An Ah kint if Ah got ma chance,
That Ah could mak them fowkies dance,
An' maybe they'd be happy fur a file.

Bit, January mad me shiver wi' iviry paper Ah'd deliver
Bad news on i'doorstep Ah couldna tak een mair step.

Ah mind near greetin bleed fan aboot his widow Ah did read
Bit, somethin cam intae ma heid i'day i'music deed.

An it's, depart Miss Canadian tart.
Drove ma truckie up tae Buckie bit it jist widna start.
An them Lossie loons wiz drinkin fusky an ice
Shoutin oot 'this tastes gey nice.
Och aye, this tastes gey nice.'

Did ye scrieve i'book o' sex,
An dae ye believe in Posh an Becks,
If that's fit i'telly says?
Div ye like daein rock an roll,
Or wid ye rether fry some lemon sole,
An jist wiggle yer fingers an yer taes?

Weel, Ah ken fit yer up tae in i'dark,
Cause Ah spied ye dancin in i'park.
Ye baith kickit aff yer sheen.
Barefut in i'licht o' i'meen.

Ah wiz a lonely teenage sulkin stag,
Wi' een reed rose in a plastic bag.
Bit, Ah kint that Ah needed a fag,
I'day i'music deid.

Ah caa'ed oot, depart Miss Canadian tart.
Drove ma truckie up tae Buckie bit it jist widna start.
An them Lossie loons wiz drinkin fusky an ice
Shoutin oot 'this tastes gey nice.
Och aye, this tastes gey nice.'

Noo, fur ten years we've bin left aleen,
An moss grows fat on a rollin steen.
Bit that's no foo it used tae be.
Fan i'jester sang fur i'queen an king,
In a kilt he bocht fur daen i'heilan fling,
An a voice that soonded a bittie like me.

An fan i'king he lookit doon, i'jester wint an stole his croon.
Batman wiz informed; i'Joker hid returned.
Cat wifie skelpt i'Riddler fur a lark, i'Penguin practiced in i'park,
Howkin up tatties in i'dark i'day i'music deed.

We caa'ed oot, depart Miss Canadian tart.
Drove ma truckie up tae Buckie bit it jist widna start.
An them Lossie loons wiz drinkin fusky an ice,
Shoutin oot 'this tastes gey nice.
Och aye, this tastes gey nice.'

Hocus-pocus in a Fordie Focus.
Some craws attackit a yella crocus.
A guid aicht miles intae i'sky,
It landed richt upon i'gress,
Made i'front page o' i'local press,
Wi' i'jester stanin eatin a mince pie.

Noo, the local billies wir actin feel,
An i'pipe band played Strathspey an' reel.
We aa got up tae dance,
Och, bit we nivir got a chance!
Fur i'coos an sheep wir in i'ring,
An' i'fermer's galluses wint ping,
Weel noo, kin ye mind onything,
I'day i'music deed?

We shoutit oot, depart Miss Canadian tart.
Drove ma truckie up tae Buckie bit it jist widna start.
An them Lossie loons wiz drinkin fusky an ice,
Shoutin oot 'this tastes gey nice.
Och aye, this tastes gey nice.'

An there we stood on i'quarterdeck,
A generation watchin Star Trek.
Nae time left tae stert eence mair.
Come awa, Tam be nimmil, Tam be fest!
Tam sat upon a treasure chest,
That's fan i'Deil set fire tae his hair.
An Ah lookit as he played wi' fire,
Keeping him awa fae i'byre.
Naebidy fae Auchinyell,
Could brak that Deil's spell.
An as the flames climt high intae i'nicht,
Athin aroon wiz weel alicht.
Man, that wiz a fair sicht, aricht.
I'day i'music deed.

He beltit oot, depart Miss Canadian tart.
Drove ma truckie up tae Buckie bit it jist widna start.
An them Lossie loons wiz drinkin fusky an ice
Shoutin oot 'this tastes gey nice.
Och aye, this tastes gey nice.'

Ah met a quine fa sang i'blues,
An Ah askit her fur some guid news,
Bit she lachit an turnt awa.
Ah wint doon tae i'village store,
Far Ah'd heard some music like yon afore,
Bit they wir closin tae gan tae i'fitba.

An in i'streets, wee geets yelt oot,
Big dugs bark, an howlin owls hoot.
Bit nivir a word wiz spoken,
I'kirk bells wir a' broken.

An i'three fowk Ah haud in esteem,
Ma mithir, quine an Auntie Jean,
Aa caught i'last bus tae Aiberdeen.
The day i'music deed.

An they sang, depart Miss Canadian tart.
Drove ma truckie up tae Buckie bit it jist widna start.
An them Lossie loons wiz drinkin fusky an ice
Shoutin oot 'this tastes gey nice.
Och aye, this tastes gey nice.'

CANONBAA
(by Wee Minx)

'Ere's aye a bittie o' yer taste in ma mou,
Still a touchie o' ye Ah'm no shair o'.
Still a bittie hard tae tell fit's gan on.
Still a wee bit yer ghost, yer witness.
Still a bittie o' yer face Ah've yet tae kiss.

Ye step a wee bit closer iviry day.
Fit's gan on? Ah hear ye say.

Birds taught me tae flee.
Love taught me tae lee.
An life taught me tae dee.
So it's no hard tae faa,
Fan ye float like a canonbaa.

Still a touchie o' yer sang in ma lug,
Still a bittie infected by yer lovin bug.
Ye step a thochtie closer tae me.
Sae close 'at fit's gan on Ah canna see.

Birds taught me tae flee.
Love taught me tae lee.
An life taught me tae dee.
So it's no hard tae faa,
Fan ye float like a canonbaa.

Birds taught me tae flee.
Love taught me tae lee.
So hae some courage,
Somebiddy catch me.
Cause it's no hard tae faa,
An Ah dinna wint tae fear ye,
It's no hard tae faa.
An ah dinna wint ye angert,
So jist coont tae ten,
Fan ye ken 'at ye jist dinna ken.

CARNIES
(by Easily Blue)

Drivin doon an endless road,
Wi' ma freens or jist aa aleen.
Gweed times at i'carnies on i'wie.
It's ayewiz freens 'at feel sae gweed.
Let's mak gweed freens fur 'at's fit ye need.
Gweed times at i'carnies on i'wie.
Haik aroon, be happy an free,
'Ere's ayewiz plenty things 'ere tae see.
Gweed times at i'carnies on i'wie.

An Ah love i'thocht o'comin hame tae ye.
Even though we canna mak it.
Aye, ah love i'thocht o' gein hope tae ye.
Jist a wee beam o' licht shinin richt bricht.

Love kin bend an breathe aleen.
Dinna let yer hopes sink like a steen.
Dinna care fit i'fowk may say.
It's ayewiz freens 'at feel sae gweed.
Let's mak gweed freens fur 'at's fit ye need.
Gweed times at i'carnies on i'wie.

An Ah love i'thocht o'comin hame tae ye.
Even though we canna mak it.
Aye, ah love i'thocht o' gein hope tae ye.
Jist a wee beam o' licht shinin richt bricht.
An Ah love i'thocht o'comin hame tae ye.
Even though we canna mak it.
Aye, ah love i'thocht o' gein hope tae ye.
Jist a wee beam o' licht shinin richt bricht.

Gweed times at i'carnies on i'wie.

An Ah love i'thocht o'comin hame tae ye.
Even though we canna mak it.

Aye, ah love i'thocht o' gein hope tae ye.
Jist a wee beam o' licht shinin richt bricht.
An Ah love i'thocht o'comin hame tae ye.
Even though we canna mak it.
Aye, ah love i'thocht o' gein hope tae ye.
Jist a wee beam o' licht shinin richt bricht.

Love i'thocht.
Even though we canna mak it.
Love i'thocht.

CHESNEY DIGGER
(i'Fatbellies)

Doop - do,do,doop - do,do, doop.
Do,do, doopy doop.
Doop - do,do,doop - do,do, doop.
Do,do, doopy loo.
Doop - do,do,doop - do,do, doop.
Do,do, doopy doop.
Doop - do,do,doop - do,do, doop.
Do,do, doopy loo.
Doop - do,do,doop - do,do, doop.
Do,do, doopy doop.
Doop - do,do,doop - do,do, doop.
Do,do, doopy loo.

Weel, ye must be a quine wi' sheen like yon.
She said, ye ken me fine.
Ah spied ye an wee Billy an Bunty,
Yon day we wiz in Abyne. Och aye.

Somebiddy said ye wiz lookin fur me,
Bit Ah ken yer heid's got bigger.
Ah said - tell me yer name, is it braw?
She said, they caa me Digger, och aye.

Ah wiz gweed an she wiz het,
Maybe hid me fur a bet.
She wiz fae St.Cyrus an she kent Miley.
Gie me i'gear, thank ye dear, bring yer sister ower here.
Jist let her jig wi' me fir a wee filey.

Doop - do,do,doop - do,do, doop.
Do,do, doopy doop.
Doop - do,do,doop - do,do, doop.
Do,do, doopy loo.
Doop - do,do,doop - do,do, doop.
Do,do, doopy doop.
Doop - do,do,doop - do,do, doop.

Do,do, doopy loo.

Weel, ye mist be a loon wi' beens like yon,
She telt me Ah'd got it wrang.
She askit far Ah wiz born.
Ye see, Originally ah wiz fae Craiglang.

Gies a phone an let me ken far yer bidin.
She said, Ah think ye ken fine.
Ah spied ye an wee Billy an Bunty,
Yon day we wiz in Abyne.

Ah wiz gweed an she wiz het,
Maybe hid me fur a bet.
She wiz fae St.Cyrus an she kent Miley.
Gie me i'gear, thank ye dear, bring yer sister ower here.
Jist let her jig wi' me fir a wee filey.

Chesney, Chesney, Ah believe 'at fan yer jiggin,
Wipe yer neb on yer sleeve.
Abiddy gets lonely fan ye leave.
It's een fur i'Digger an anithir fur the een ye believe.

Chesney, Ah believe 'at fan yer jiggin,
Wipe yer neb on yer sleeve.
Abiddy gets lonely fan ye leave.
It's een fur i'Digger, anithir fur the een ye believe.

Doop - do,do,doop - do,do, doop.
Do,do, doopy doop.
(Een ye believe)
Doop - do,do,doop - do,do, doop.
Do,do, doopy loo.
Doop - do,do,doop - do,do, doop.
Do,do, doopy doop.
(aricht)
Doop - do,do,doop - do,do, doop.
Do,do, doopy loo.

CHIVE TALKIN
(by i'Gee Bees)

It's if yer chives wir talkin, wi' parsley an dill, aye.
Chive talkin, then ye've hid yer fill.
Chive talkin, ye plunted i'seed.
Chive talkin, Ah bet they taste gweed.

Och ma chives, ye'll nivir ken, bit Ah ken ma ingins.
Och ma chives, Ah'll help ye tae grow, Ah'll watter ye till yer wringin.

Wi' aa yer chive talkin, rosemary an sage.
Grow quickly, an then Ah'll no rage.
Wi' tatties, or alang wi' some kale,
Hae them aa chappit, or even jist hale.

Och ma chives, ye'll nivir ken, bit Ah ken ma ingins.
Och ma chives, Ah'll help ye tae grow, Ah'll watter ye till yer wringin.
An we'll be singin,

Chive talkin, wi' parsley an dill, aye.
Chive talkin, then ye've hid yer fill.
Chive talkin, ye plunted i'seed, aye.
Chive talkin, Ah bet they taste gweed.

Ah'm wintin, athin tae be fine, aye,
Chive talkin, in 'is gairden o' mine.
Chive talkin.

CHUNTRY HOOSE
(by Slur)

City dweller, richt fine fella, thocht tae himsel,
Och, Ah've sic a load o' siller.
Caught in i'rat race, fit a killer.
He's a deehard cynic, bit his hert isna in it.
He's peyin i'price o' livin life at i'limit.
Caught up in a world fu' o' strain an stress.
He spoke tae his wife, he's sic a mess,
Try i'simple life.

He bides in a hoose, an affa big hoose in i'chuntry.
Kickin aff his beets watchin efterneen repeats in i'chuntry.
He taks aa kinds o' peels, it helps i'wie he feels in i'chuntry.
Och, it's like an animal ferm, 'at's i'rural cherm in i'chuntry.

He's got mornin glory, an life's a different story.
Sittin watchin Jackanory, Tuckin intae a John Dory.
I'happiest o' campers, skoofin his champers.
He nivir looks back at aa i'day's he bade in toon.
He ken's he is a lucky loon.
He followed his hert, got a new stert in i'simple life.

He bides in a hoose, an affa big hoose in i'chuntry.
He's got a gie wheezy chest, so he needs a lot o' rest in i'chuntry.
He disna smoke or lach, listens tae Bach in i'chuntry.
Ye should come tae nae herm, on i'animal ferm in i'chuntry.
In i'chuntry, in i'chuntry, in i'chuntry.

Help. Help me out. Ah'm feelin doon. Ah dinna ken fit wie.
Help. Help me out. Ah'm feelin doon. Ah dinna ken fit wie.

He bides in a hoose, an affa big hoose in i'chuntry.
Kickin aff his beets watchin efterneen repeats in i'chuntry.
He taks aa kinds o' peels, it helps i'wie he feels in i'chuntry.
Och, it's like an animal ferm, 'at's i'rural cherm in i'chuntry.

He bides in a hoose, an affa big hoose in i'chuntry.
He's got a gie wheezy chest, so he needs a lot o' rest in i'chuntry.
He disna smoke or lach, listens tae Bach in i'chuntry.
Ye should come tae nae herm, on i'animal ferm in i'chuntry.

CLUB TOPBANANA
(by Whack!)

Let's aa ging tae i'placie,
Far membership's a smilin facie.
Brush shooders wi' elite.
Far strangers wint tae shak yer han,
An welcaam ye tae wunnerlan.
Fit a wie tae meet an greet.

Club Topbanana, nae need fur cash.
Fun an sun ir fit ye get fan ye ir 'ere.
'Ere's nae need fur ye tae fash.
Relax wi'oot worry or care.

Lang lost freens an lovers kiss,
Enjoyin iviry meenit o' bliss.
Watchin waves brak on i'bay.
Blue sky an sea, an saft fite san,
Wi a cocktail in yer han.
Och, fit a holiday.

Club Topbanana, nae need fur cash.
Fun an sun ir fit ye get fan ye ir 'ere.
'Ere's nae need fur ye tae fash.
Relax wi'oot worry or care.

Club Topbanana, nae need fur cash.
Fun an sun ir fit ye get fan ye ir 'ere.
'Ere's nae need fur ye tae fash.
Relax wi'oot worry or care.

Pack yer bags, gie yer face a dicht.
Dinna dawddle, or ye'll miss i'flight.
It taks aff i'nicht.

Pack yer bags, gie yer face a dicht.
Dinna dawddle, or ye'll miss i'flight.
It taks aff i'nicht. (Woo hoo, woo hoo)

Club Topbanana, nae need fur cash.
Fun an sun ir fit ye get fan ye ir 'ere.
'Ere's nae need fur ye tae fash.
Relax wi'oot worry or care.
(Woo hoo, woo hoo)
(Woo hoo, woo hoo)

DAYDREAMIN GEEZER
(by i'Chimpees)

Seeven days.
Foo lang'll 'is tak?
Seeven days.
Aricht. Dinna fash yersel. Ah've plinty time, ye ken.

Och, Ah cud flee on i'wings o' a blackie as it sings.
I'fower o'clock alarm widna ring.
Bit it diz ring ower seen.
Ah wipe i'sleep oot o' ma een.
Ma aul razor's caul an it stings.

Cheer up, Dozy Dee. Kin ye no see,
Ah'm a daydreamin geezer,
An yer comin hame tae me?

Ye eence thocht o' me as a fermer wi' a ploo.
Noo, ye ken foo happy ah kin be.
Oor gweed times stert an end,
Nae muckle siller tae spend.
Bit, we're a richt as lang as we hae oor coo.

Cheer up, Dozy Dee. Kin ye no see,
Ah'm a daydreamin geezer,
An yer comin hame tae me?

Cheer up, Dozy Dee. Kin ye no see,
Ah'm a daydreamin geezer,
An yer comin hame tae me?

Cheer up, Dozy Dee. Kin ye no see,
Ah'm a daydreamin geezer,
An yer comin hame tae me?
[*fade awa*]

DECEMBER
(by Dirt, Gale and Flame)

Div ye mind on i' twinty fifth nicht o' December?
Ah gied ye a present, div ye remember?
Wrappit up in a bow,
It didna cost much, bit even so,
We wiz happy 'at day.
Mind noo? Afore we wint oot tae Cruden Bay.

Baddie dad. Div ye mind noo?
Baddie dad. Fit Ah'm sayin is true.
Baddie dad. Nivir should hae gan awa.

Ba brew, ba brew, ba brew, ba brew.
Ba brew, ba brew, ba brew, ba brew.
Ba brew, ba brew, ba brew, Aye.

Ah've aye thocht o' ye,
Haudin hans wi' ye even so ye,
Wir aa them miles awa.
Mind noo? Foo we kint we wiz baith in love.
An in December, we wished fur a sunny September.
Freezin in aat'at sna.
Mind noo? Or div ye nae mind at aa?

Och, och, och,
Baddie dad. Weel, div ye mind noo?
Baddie dad. Fit Ah'm sayin is true.
Baddie dad. Nivir should hae gan awa.

Baddie dad. Weel, div ye mind noo?
Baddie dad. Fit Ah'm sayin is true.
Baddie dad. Nivir should hae gan awa.

Ma cleys wir wringin, but we wiz singin.
Div ye mind noo? Nivir should hae gan awa.

Och aye, min.
Baddie dad. Weel, div ye mind noo?
Baddie dad. Fit Ah'm sayin is true.
Baddie dad. Nivir should hae gan awa.
Baddie dad. Weel, div ye mind noo?
Baddie dad. Fit Ah'm sayin is true.
Baddie dad. Nivir should hae left at aa.

Baddie dad, Bad hat, Bad hat.
Baddie dad, Bad hat, Bad hat.
Baddie dad, Bad hat, Bad hat. Bad hat.
Baddie dad, Bad hat, Bad hat.
Baddie dad, Bad hat, Bad hat.
Baddie dad, Bad hat, Bad hat. Bad hat.

DINNA GING BRAKIN MA HERT
(by Beltin Joan an Kinky D.)

Dinna ging brakin ma hert.
Ah widna dare dae 'at.
Quine, if Ah get a big brakfast.
Ach, ye'll no get ower fat.

Dinna ging brakin ma hert.
An tak i'wecht aff o' me.
Quine, when ye chap on ma door.
Ach, Ah'll gie ye i'key.

Yoo-hoo. Naebiddy kens it.
Bit fan Ah wiz doon, ye took me tae toon.
Yoo-hoo. Naebiddy kens it (naebiddy kens).
Bit richt fae i'stert, Ah gied ye ma hert.
So, dinna ging brakin ma hert.
Ah'll no ging brakin yer hert.
Dinna ging brakin ma hert.

Naebiddy telt us, an naebiddy showed us.
Noo, it's up tae us, quine. Weel, Ah think we kin mak it.

So, dinna misunnerstan me, ye pit i'licht in ma life.
Och, ye pit i'spark tae i'flame. Ah've got yer hert in ma sicht.

Yoo-hoo. Naebiddy kens it.
Bit fan Ah wiz doon, ye took me tae toon.
Yoo-hoo. Naebiddy kens it (naebiddy kens).
Bit richt fae i'stert, Ah gied ye ma hert.
So, dinna ging brakin ma hert.
Ah'll no ging brakin yer hert.
Dinna ging brakin ma hert.

Yoo-hoo. Naebiddy kens it.
(Yoo-hoo) fan Ah wiz doon, (Yoo-hoo) ye took me tae toon.
(Yoo-hoo) richt tae i'stert, (Yoo-hoo) Ah gied ye ma hert.
Ach, Ah gied ye ma hert.

Dinna ging brakin ma hert.
(Dinna ging brakin ma)
Ah'll no ging brakin yer hert.
(Dinna ging brakin ma)
Dinna ging brakin ma hert.
Ah'll no ging brakin yer hert.

Dinna ging brakin ma hert.
(Dinna ging brakin ma)
Ah'll no ging brakin yer hert.
Dinna ging brakin ma hert.
(Dinna ging brakin ma)
Ah'll no ging brakin yer hert.

DINNA STOP
(by Weetwid Pack)

Fan ye waken up an dinna wint tae smile.
If it taks ye jist a wee file.
Open yer een an peer at i' sky,
Ye micht see things in a different wie.

Dinna stop thinkin aboot i'morn.
Dinna fash, it'll seen be here.
It'll be better than afore,
Yesterday's awa, yesterday's awa.

Foo div ye no think o' times aheed?
Be gled yer alive an yer no deid.
If life's bin bad tae ye jist smile,
Think o' i'morn, it'll mak it worthwhile.

Dinna stop thinkin aboot i'morn.
Dinna fash, it'll seen be here.
It'll be better than afore,
Yesterday's awa, yesterday's awa.

Ah dinna wint tae see ye lookin sad.
Ye ken things canna be 'at bad.
Ah ken 'at ye'll believe fit ye may,
Bit, crack a smile an greet i'new day.

Dinna stop thinkin aboot i'morn.
Dinna fash, it'll seen be here.
It'll be better than afore,
Yesterday's awa, yesterday's awa.

Dinna stop thinkin aboot i'morn.
Dinna fash, it'll seen be here.
It'll be better than afore,
Yesterday's awa, yesterday's awa.

Dinna look back (oooh), Dinna look back (oooh)
Dinna look back (oooh), Dinna look back (oooh)

DIZZY ISLA
(by Trom Bones)

Ah spied i'licht on i'nicht fan Ah passed by her windae.
Ah watchit i'flickerin shaddas o' love on i'blind.
She wiz ma quinnie, bit as Ah lookit,
Ah gie near wint oot o' ma mind.

Ma, ma, ma dizzy Isla.
Fit, fit wie dizzy Isla?
Ah kin see, 'at quine is nae yees tae me,
Bit ah wiz lost like a slave fit naebiddy cud free.

At crack o'dawn, efter ma tattie scone, I wiz waitin.
Ah crossit i'street tae her hoose an wint up i'stair.
She stood 'ere lachin. Ah felt i'fork in ma haun,
An she lachit nae mair.

Ma, ma, ma dizzy Isla.
Fit, fit wie dizzy Isla?
So afore they cam an brak doon i'door,
Forgive me dizzy Isla, Ahm affa sorry Ah swore.

She stood 'ere lachin. Ah felt i'fork in ma haun,
An she lachit nae mair.

Ma, ma, ma dizzy Isla.
Fit, fit wie dizzy Isla?
So afore they cam an brak doon i'door,
Forgive me dizzy Isla, Ahm affa sorry Ah swore.
Forgive me dizzy Isla, Ahm affa sorry Ah swore.

EFFIE IN I'AIR WI' EMERALDS
(by i'Bottles)

Pictir yersel on a boatie on a burn,
Wi' cellophane cloods an marmalade meen.
Somebody spears ye, ye answer gie slowly,
A quine wi' kaleidoscope een.

Plastic floories o' yella an green,
Towerin ower yer heid.
Look fur i'quine wi i'sun in her een,
An she's awa.

Effie in i'air wi' emeralds.

Follow her doon tae a brig by a fountain,
Far rockin horse fowk munch a mealy pudden.
Abiddy smiles as ye drift by i'floories,
That sprout up aa o' a sudden.

Newspaper taxis come up tae i'shore,
Waitin tae tak ye tae toon.
Clim intae i'back wi' yer heid in i'cloods,
An yer gone.

Effie in i'air wi' emeralds.

Pictir yersel on a train in a station,
Wi' plastacine porters wi great muckle sheen.
Suddenly somebiddy is there at i'turnstile,
I'quine wi' kaleidoscope een.

Effie in i'air wi' emeralds.
Effie in i'air wi' emeralds.
Effie in i'air wi' emeralds.
Effie in i'air wi' emeralds.

ETTIN UP I'PIECES
(by Pal o' ma Face)

Div ye think o' her fan yer wi' me?
Sittin 'ere wi' 'at smirk on yer face aa day lang,
Fa's face div ye see?
Div ye wish Ah wiz mair like yer mithir?
Fit div ye say? Ah'll get a cloot tae wipe yer face,
Ah've nae doot.

Perfect hert, dinna stert,
Ett it aa afore Ah've got a chance tae sit doon.
Ye wir telt.

Noo we're here an we're ettin up i'pieces.
Ah wint tae greet, Fur ye dinna ken it's me by yer side.
She's gan awa.
In yer heid is it me ye see?
Cause aa yer left wi' noo is me,
An we're ettin up i'pieces left on i'plate.

Ah fund an aul pictir ahent i'telly.
Ye lookit sae cheerie, sic a dearie wi'oot yer belly.
Bit noo Ah've changed athing aroon an aboot.
Ah ken ye dinna gie a hoot,
Fit wie div ye offen sigh?

Perfect hert, dinna stert,
Ett it aa afore Ah've got a chance tae sit doon.
Ye wir telt.

Noo we're here an we're ettin up i'pieces.
Ah wint tae greet, Fur ye dinna ken it's me by yer side.
She's gan awa.
In yer heid is it me ye see?
Cause aa yer left wi' noo is me,
An we're ettin up i'pieces left on i'plate.

Div we tell lees? Fit porky pies?
Keep oor feelins in disguise?
Spik tae me, div ye wint cake?
Then Ah'll serve it.

Noo we're here an we're ettin up i'pieces.
Ah wint tae greet, Fur ye dinna ken it's me by yer side.
She's gan awa.
In yer heid is it me ye see?
Cause aa yer left wi' noo is me,
An we're ettin up i'pieces left on i'plate.

EVAN B AN IVOR E
(by Pug McCarthy an Stewie Blunder)

Evan B an Ivor E bide igithir doon at i'Brig o'Dee.
Up an doon i'roadie they baith gan, wonderin fit tae dee.

We aa ken 'at fowk ir i' same farivir ye gan,
Ye ken we're aa Jock Tamson's bairns.
We've learnt tae breathe, we've learnt tae scrieve ,
Aa oor thochts 'at ir inside oor brain, nae need tae explain.

Evan B an Ivor E bide igithir doon at i'Brig o'Dee.
Haikin doon i'roadie they baith gan, hameward fur their tea.

Evan B, Ivor E baith igithir at Brig o'Dee.
Evan B, Ivor E, Och aye.
We aa ken 'at fowk ir i' same farivir ye gan,
Ye ken we're aa Jock Tamson's bairns.
We've learnt een thing, fan we've learnt tae sing,
Aboot aa oor feelins in oor heid, afore we ir deid.

Evan B an Ivor E bide igithir doon at i'Brig o'Dee.
Aa ower i'roadie they baith gan, they look boozy tae me.
Aa ower i'roadie they baith gan,
Ach, let it be.

Evan B, Ivor E baith igithir at Brig o'Dee.
Evan B, Ivor E baith igithir at Brig o'Dee.
Evan B, Ivor E baith igithir at Brig o'Dee.

FA LET I'DUGS OOT?
(by Boohoo Mannies)

Fa let i'dugs oot?
Fa, fa, fa, fa, fa?
Fa let i'dugs oot?
Fa, fa, fa, fa, fa?
Fa let i'dugs oot?
Fa, fa, fa, fa, fa?

Weel, i'perty wiz wiz rare, it wiz fair pumpin.
Yippe aye-ay.
An abiddy haein a ball.
Yippe aye-oh.
An aa i'loons stertit i'name caa'in.
Yippe aye-ay.
An i'quines respond tae i'call.
Yippe aye-oh.
Ah heard a wifie cry oot.
Fa let i'dugs oot?
Fa, fa, fa, fa, fa?
Fa let i'dugs oot?
Fa, fa, fa, fa, fa?
Fa let i'dugs oot?
Fa, fa, fa, fa, fa?
Fa let i'dugs oot?
Fa, fa, fa, fa, fa?

Ah see i'dancers fair hid a baa
Bit she wintit tae ging tae i'toon.
Get awa gruffy, back aff scruffy.
Get awa ye flea infestit coorse loon.
Gan tae say 'Dinna get yersel fashed'.
Yippe aye-oh.
See i'quines wi' teeth like canines.
Yippe aye-oh.
Bit they say 'hey min, it's jist i'wie we perty'.
Yippe aye-oh.

Ye pit i'wifie in front an i'mannie ahent.
Bit then Ah lookit aboot.
Fa let i'dugs oot?
Fa, fa, fa, fa, fa?
Fa let i'dugs oot?
Fa, fa, fa, fa, fa?
Fa let i'dugs oot?
Fa, fa, fa, fa, fa?
Fa let i'dugs oot?
Weel, ye ken a dug is nithin wi'oot a been.
Hey dug, bide at peace, an jist leave me aleen.
Weel, ye ken a dug is nithin wi'oot a been.
Hey dug, bide at peace, an jist leave me aleen.
Fa let i'dugs oot?
Fa, fa, fa, fa, fa?
Fa let i'dugs oot?
Fa, fa, fa, fa, fa?
Fa let i'dugs oot?
Fa, fa, fa, fa, fa?
Fa let i'dugs oot?
Fa, fa, fa, fa, fa?

Ah see i'dancers fair hid a baa
Bit she wintit tae ging tae i'toon.
Get awa gruffy, back aff scruffy.
Get awa ye flea infestit coorse loon.
Weel noo, if Ah'm a dug, the perty is on.
Ah'll get in i'groove, fur ma mind hiz gone.
Div ye see 'at Ah've a glint in ma ee?
Walkin through i'room wi' abiddy lookin at me.
Me in ma fite sark.
Fit dae ye wint? Div ye wint me tae bark?
Ah'm ready tae perty, Ah'm ready tae pull.
Cause Ah'm i'loon they caa pitbull.
Fan they see me they say, fa?
Fa let i'dugs oot?
Fa, fa, fa, fa, fa?
Fa let i'dugs oot?
Fa, fa, fa, fa, fa?

Fa let i'dugs oot?
Fa, fa, fa, fa, fa?
Fa let i'dugs oot?
Fa, fa, fa, fa, fa?
Fa let i'dugs oot?
Fa, fa, fa, fa, fa?
Fa let i'dugs oot?
Fa, fa, fa, fa, fa?
Fa let i'dugs oot?
Fa, fa, fa, fa, fa?
Fa let i'dugs oot?
Fa, fa, fa, fa, fa?
Fa let i'dugs oot?
Fa, fa, fa, fa, fa?
Fa let i'dugs oot?
Fa, fa, fa, fa, fa?
Fa let i'dugs oot?
Fa, fa, fa, fa, fa?
Fa let i'dugs oot?
Fa, fa, fa, fa, fa?

FA IR YE?
(by i'Fa)

Fa ir ye? Fa, fa, fa, fa?
Fa ir ye? Fa, fa, fa, fa?
Fa ir ye? Fa, fa, fa, fa?
Fa ir ye? Fa, fa, fa, fa?

Ah woke up on a Dunecht doorstep,
I'polismannie kent ma name.
He said "Ye can ging an sleep at hame i'nicht,
If ye kin get up an walk awa."

Ah staggirt back tae the bussie stop,
An i'win' blew aff my cap.
Ah mind shoutin a abiddy there,
Especially een wee chap.

Weel, fa ir ye?
(Fa ir ye? Fa fa, fa, fa?)
Ah've really got tae ken
(Fa ir ye? Fa fa, fa, fa?)
Tell me fa ye ir.
(Fa ir ye? Fa fa, fa, fa?)
Fur Ah really need tae ken.
(Fa ir ye? Fa fa, fa, fa?)

Ah took i'bussie back intae toon,
Tae i'street far Ah bade.
Weel, ma heid wiz spinnin roon an roon,
Wi' ower muckle lemonade.

Ah leant back wi' a big sigh,
An lookit back on fit Ah'd deen.
Ah wunnerit far Ah wiz,
Ah couldna mind jist far Ah'd been.

Weel, fa ir ye?

(Fa ir ye? Fa fa, fa, fa?)
Ah've really got tae ken
(Fa ir ye? Fa fa, fa, fa?)
C'wa tell me fa ye ir.
(Fa ir ye? Fa fa, fa, fa?)
Fur Ah really need tae ken.
(Fa ir ye? Fa fa, fa, fa?)

Fa ir ye?
Fa ir ye? Fa fa, fa, fa?
Fa ir ye? Fa fa, fa, fa?
Fa ir ye? Fa fa, fa, fa?
Fa ir ye? Fa fa, fa, fa?

Ah've really got tae ken
(Fa ir ye? Fa fa, fa, fa?)
Ah've really got tae ken
(Fa ir ye? Fa fa, fa, fa?)
C'wa tell me fa ye ir.
(Fa ir ye? Fa fa, fa, fa?)
Fur Ah really need tae ken.
(Fa ir ye? Fa fa, fa, fa?)

Ah'll gan fur a walk later,
Far we yaised tae haik alang.
See if Ah kin clear ma heid,
An mind i'words tae i'sang.

Ah'll pit masel awa tae bed,
Nae need fur nicht nicht kiss.
Ah'm no sure fit's been gan on.
Aa 'at time on i'fizz.

Weel, fa ir ye?
(Fa ir ye? Fa fa, fa, fa?)
Ah've really got tae ken
(Fa ir ye? Fa fa, fa, fa?)
Tell me fa ye ir.
(Fa ir ye? Fa fa, fa, fa?)

Fur Ah really need tae ken.
(Fa ir ye? Fa fa, fa, fa?)

Come awa, come awa.
(Fa ir ye? Fa fa, fa, fa?)
Och, fa i'hell ir ye?
(Fa ir ye? Fa fa, fa, fa?)
Fa ye ir?
(Fa ir ye? Fa fa, fa, fa?)
Jist tell me fa ye ir.
(Fa ir ye? Fa fa, fa, fa?)
Ah've really got tae ken.
Jings, Ah really wint tae ken
Come awa an tell me fa ir ye, ye, ye, ye.

FA'S A DIVVY?
(by Fredman Fred)

'Ere she wiz jist a-haikin doon i'street,
Singin fa's a divvy, divvy dum divvy do?
Snappin her fingirs an shufflin her feet,
Singin fa's a divvy, divvy dum divvy do?

She lookit gweed (lookit gweed)
She lookit braw (lookit braw)
She lookit gweed, she lookit braw,
Bonniest Ah ivir saw.

Afore ah kent it she wiz walkin nixt tae me
Singin fa's a divvy, divvy dum divvy do?
Han in han jist i' wie 'at it should be,
Singin fa's a divvy, divvy dum divvy do?

We haikit on (haikit on)
Roon i'toon (i'toon)
We haikit on roon i'toon,
Telt me 'at her name wiz June.

Woo-hoo, we wir baith jist heid ower heels,
Aye we wir,
An we didna mind that we wiz actin like feels.

Noo, we're igithir nearly iviry singil day.
Singin fa's a divvy, divvy dum divvy do?
An we're sae happy, Ah'm sae very pleased tae say.
Singin fa's a divvy, divvy dum divvy do?
Weel, Ah'm hers (Ah'm hers)
She's mine (she's mine)
Weddin bells ir gan tae chime.

Woo-hoo, we wir baith jist heid ower heels,
Aye we wir,
An we didna mind that we wiz actin like feels.

Noo, we're igithir nearly iviry singil day.
Singin fa's a divvy, divvy dum divvy do?
An we're sae happy, Ah'm sae very pleased tae say.
Singin fa's a divvy, divvy dum divvy do?
Weel, Ah'm hers (Ah'm hers)
She's mine (she's mine)
Weddin bells ir gan tae chime.

Woo-hoo, och, och aye.
Fa's a divvy, divvy dum divvy do? (jist sing it)
Fa's a divvy, divvy dum divvy do? (och aye, och aye)
Fa's a divvy, divvy dum divvy do?

FACE JELLY
(by Nika)

Ah wint tae spik wi' ye!
I'lest time 'at we spoke, mannie, ye hid me in tears.
Ah'm tellin ye it's no happenin again!

Dae Ah attract ye? Dae Ah repulse ye wi' ma stupid grin?
Ah Ah ower dirty? Am Ah ower flirty? Fit's wrang wi' bein thirty?
Ah'm maybe wholesome, maybe Ah'm loathsome, Ah cud be a bittie shy.
Foo div ye no like me? Och, jist fit hiv Ah tae dae tae mak ye try?

Ah tried tae pit on face jelly,
Bit Ah lookit ower sad.
Ah wipit it aff wi' ma belly,
Fit wie div fowk think Ah'm mad? (mad, mad, mad)

Ah cud be broon, cud be maroon, or even sky blue.
Ah cud be pink. Fit dae ye think o' purple wi' a green hue?
Och aye, indeed, Ah cud be reed, Ah cud be sic a dull bore.
Foo div ye no like me? Foo div ye no like me?
Foo dae ye no walk oot i'door?

Gettin angirt disna solve onythin!

Och, fit kin Ah dee? Och, fit kin Ah dee? Jist fit's gan on in yer heid?
Fit like ma quinie, fit like ma quinie, tell me foo Ah kin succeed.
Jist fit's wrang wi' me? Jist fit's wrang wi' me? Kin Ah no be masel?
Should ah look auler? Het unner i'collar? Ah wish ye would spik an tell.

Ah tried tae pit on face jelly,
Bit Ah lookit ower sad.
Ah wipit it aff wi' ma belly,
Fit wie div fowk think Ah'm mad? (mad, mad, mad)

Ah cud be broon, cud be maroon, or even sky blue.
Ah cud be pink. Fit dae ye think o' purple wi' a green hue?
Och aye, indeed, Ah cud be reed, Ah cud be sic a dull bore.
Foo div ye no like me? Foo div ye no like me?
Foo dae ye no walk oot i'door?

Say fit ye wint tae keep yersel happy, richt!
Bit ye only wint fit abiddy else says ye should wint.
You wint!

Ah cud be broon, cud be maroon, or even sky blue.
Ah cud be pink. Fit dae ye think o' purple wi' a green hue?
Och aye, indeed, Ah cud be reed, Ah cud be sic a dull bore.
Foo div ye no like me? Foo div ye no like me?
Foo dae ye no walk oot i'door?

Ah cud be broon, cud be maroon, or even sky blue.
Ah cud be pink. Fit dae ye think o' purple wi' a green hue?
Och aye, indeed, Ah cud be reed, Ah cud be sic a dull bore.
Foo div ye no like me? Foo div ye no like me?
Foo dae ye no walk oot i'door?

Erchie, we're tae ging awa!
G-ging!

FAN I'M SIXTY-FOWER
(by i'Bottles)

Fan Ah git auler, lossin ma hair, mony years fae noo,
Will ye still be sendin me a valentine,
Birthday greetins, bottle o' wine?
If Ah've been oot ir quarter tae three, wid ye move tae Aberlour?
Will ye still need me, an aye still feed me, fan Ah'm sixty-fower?
Ye'll be aul an aa.
An if ye spik i'word,
Ah'll tell ma an pa.

Ah kin be aricht, fixin a fuse,
Fan yer lichts ging oot.
Ye kin knit a semmit at oor fireplace,
Buy fancy pieces an stuff yer face.
Daein i'gairdin, diggin tatties,
Cut i'gress wi i'mower.
Will ye still need me, an aye still feed me, fan Ah'm sixty-fower?

Every summer we could rint a tint on i'Isle o'Skye,
If it's nae ower dear.
We kin breath fresh air.
Armies o' ants climmin in yer pants,
An midgies in yer hair.

Send me a postcard, drap me a line,
Statin yer pynt o' view.
Indicate precisely fit ye mean an think,
Yours sincerely, scrieve in black ink.
Gie's yer answer, fill in a form,
Then ye kin come richt ower.
Will ye still need me, an aye still feed me, fan Ah'm sixty-fower?

FAR DIV YE GING TAE, MA QUINIE?
(by Skeeter Starburst)

Ye spik like Aul Sandy Syme, an ye jig like Minnie fae Maud.
Yer cleys ir bocht fae i'shoppie, bit Ah jist canna mind fit it's caa'd.
Aye 'at's richt.
Ye bide in a fair funcy hoosie, somewie near tae i'Krankies.
Far ye keep yer Andy Stewart records,
An a freen o' Jimmy Spankie's. Aye ye dae.

Bit far div ye ging tae, ma quinie, fan yer aleen on yer ain?
Tell me i'thochts 'at surroon ye, Ah wint tae keek intae yer brain.
Aye Ah dae.

Ah've seen aa yer qualifications ye got fae Hazelheid High
An i'paintin ye stole fae yer brithir, man ye werena hauf fly.
Aye ye wir.
Fan ye ging on yer summer holidays, ye aye ging tae Cullen beach.
Far ye kin snack on a peach, or on a pear, or on a ploom.
An fan i'sna faas yer fund in St. Cyrus, wi' ithirs fae yer hame toon.
Far ye sip yer singil malt fusky, an try hard no tae faa doon.
Aye it's true.

Bit far div ye ging tae, ma quinie, fan yer aleen on yer ain?
Tell me i'thochts 'at surroon ye, Ah wint tae keek intae yer brain.
Aye Ah dae.

Yer name is weel kent in i'chuntry, ye ken i'Laird o' Llanbryde.
He gied ye a new bike fur Christmas, bit ye nivir took it fur a ride,
on i'path. Ha-ha-ha.
An they tell me fan ye get merried, it'll be tae an affa rich loon.
Bit they divna ken far ye cam fae, it wisna i'best bit o'toon.
No by a mile.

Bit far div ye ging tae, ma quinie, fan yer aleen on yer ain?
Tell me i'thochts 'at surroon ye, Ah wint tae keek intae yer brain.
Aye Ah dae.

Ah mind i'back yerds o'Aulmeldrum, twa bairns rakin fur rags.
Gan through abiddy's belongins, searchin i'bins an in bags, they did.
So, look at ma een Marie dear, an mind fa ye used tae be.
Ye'll jist no forget fa Ah am, Ah ken ye'll aye mind on me, fur a file.
Aye ye will.

Ah ken far ye ging tae, ma quinie, fan yer aleen on yer ain?
Ah ken i'thochts 'at surroon ye, cause Ah hiv keeked intae yer brain.

Na-na-na-na, na-na-na-na-na-na-na
Na-na-na-na, na-na-na-na-na-na-na

FAR IS MA GLOVE?
(by i' Fite Lugged Beans)

Fit's wrang wi' athin, mithir?
Fowk livin like they've no got mithirs.
Far's aa i' fowk at Ah used tae caa brithirs?
They've aa gan missin wi' aa i'ithirs.

Ower i'watter, aye, we're stoppin fechies.
Bit we've aye got some bidin here.
In i'toon, in i'shire,
In a park, a bothy an a byre.

Bit, if ye only spik tae yer ain kind
'En ye'll no ken affa muckle at aa,
An ye wind up bangin yer heid aff o' a waa.
Ye ken 'at ye'd be better aff kickin a ba, aye.

Madness is fit ye demonstrate,
An 'at's fit wie ye get angirt in a richt state.
Pit on yer gloves an set yer cape straight.
Tak control an ging an mediate,
Let yersel gravitate, flee awa, aye, aye.

Folk ir drinkin, fowk ir eatin.
Wee geets hurt, ye hear them greetin.
Kin ye practice fit ye preach?
Or is compassion oot o' reach?

Faithir, faithir, faither help us,
Show yer guidance an yer love.
Ye ken Ah'd fine like tae dress up braw,
Bit, far is ma glove (glove)?

Far is i'glove (i'glove)?
Far is i'glove (i'glove)?
Far is i'glove, i'glove, i'glove?

Ist aa i'same? Diz nithin change?
Some things ir strange, an fa's tae blame?
We wint a bittie love an peace,
Bit maist o' fit we dae is jist nae yees.

Fowk drap bombshells,
Yaisin chemicals instead o' gweed horse dung.
Fa cares if onybiddy's aul or young?
So, look aroon an see far yer gloves hiv gone.

So, ye've got tae ask yersel jist fit is gan wrang.
Fowk gie up ower easy in i'placie far we bide.
Mak wrang decisions, wi' nae visions o' fit's gan on.
Nae respect fur onythin, shut oot yer brithir.
Fit ye aa need's a gweed skelpin fae yer mithir.

I'truth is a sectret, swept unner i'rug.
It's jist like tryin tae teach new tricks tae an aul dug.
Far is i'glove? Fit? C'wa (Ah dinna ken)
Far ir ma sheen? Fit? C'wa (Ah dinna ken)
Far is i'glove? Fit?

Folk ir drinkin, fowk ir eatin.
Wee geets hurt, ye hear them greetin.
Kin ye practice fit ye preach?
Or is compassion oot o' reach?

Faithir, faithir, faither help us,
Show yer guidance an yer love.
Ye ken Ah'd fine like tae dress up braw,
Bit, far is ma glove (glove)?

Bit, far is i'glove (Ma glove)?
Bit, far is i'glove (Ma glove)?
Bit, far is i'glove (Ma glove)?
Bit, far is i'glove (Ma glove)?
Bit, far is i'glove (Ma glove)?
Bit, far is i'glove (Ma glove)?
Bit, far is i'glove, i'glove, i'glove?

Ah feel i'wecht o' i'world on ma shooder.
Grammar's gettin badder instead o' gooder.
Maist o' us only care aboot money makin,
Rether than watchin fit direction we're takin.

Wrang information gets shown by i'media.
Negative images ir i'main criteria.
Infectin i'youngsters fester than bacteria.
Young fowk wint tae be like stars in i'cinema.

Fitivir happened tae aa i'values o' humanity?
Div we still hae stuff like fairness an equality?
Instead o' spreadin love, we spread animosity.
Nae muckle unnerstaunin leads awa fae unity.

That's i'reason fit wie Ah'm feelin unner.
An that's i'reason fit wie Ah'm feelin doon.
Weel, it's nae wunner fit wie Ah'm feelin unner.
Got tae keep ma hauns covered an be a gweed loon.
Noo ask yersel.

Far is ma glove?
Far is ma glove?
Far is ma glove?
Far is ma glove?

Faithir, faithir, faither help us,
Show yer guidance an yer love.
Ye ken Ah'd fine like tae dress richt smert,
Bit, far is ma glove?

Sing wi' me abiddy.
Een glove, een glove (we've only got).
Een glove, een glove (that's aa we got).
Een glove, een glove.
An somethin's wrag wi' it (aye).
Somethin's wrag wi' it (aye).
Somethin's wrang wi' ma g-g-glove, aye.

Ah've only got
(Een glove, een glove).
'At's aa Ah've got
(Een glove, een glove).

FARIVIR AH FLING MA BUNNET ('AT'S MA HAME)
(by Aul Dung)

By i'look in yer ee, ye wint tae brak free. Ist ower me?
If it is, hae nae fear. Fur Ah'm no worth it ye see.

Fur Ah'm i'type o' loon, fa kin play a silly game.
Farivir Ah fling ma bunnet, 'at's ma hame.
Ah'm tellin ye, 'at's ma hame.

Gein a chance, wid ye ging tae a dance, wi'oot me?
Aye, indeed? Weel 'at is gweed. Fur Ah'm no worth it ye see.

Fur Ah'm i'type o' loon, fa kin play a silly game. Mmm.
Farivir Ah fling ma bunnet, 'at's ma hame.
Mmm. 'At's ma hame.

Och, ye keep tellin me, ye keep tellin me Ah'm yer loon.
Bit fit dee Ah hae tae dee? Ye've turnt ma world aroon.

Fur Ah'm i'type o' bloke, fa diz things fur a joke. Disna mean a thing.
Bit Ah love 'em an Ah leave 'em, brak their herts an deceive 'em,
Onywie Ah ging.

Fur Ah'm i'type o' loon, fa kin play a silly game.
Farivir Ah fling ma bunnet, 'at's ma hame.
Farivir Ah fling ma bunnet, och aye 'at's ma hame.

Aye, 'at's ma hame, an Ah like it 'at wie.

Ye ken, Ah canna mak it aa aleen.
Sometimes 'at's i'wie, 'at's i'wie.
Ah'm no sad, Ah'm no sad. Ah dinna love ye.
Jist got tae dae, dae, dae.
It's fit Ah wint tae dae.

FAT DOUPIT QUINES
(by Quine)

Ir ye gan tae tak me hame i'nicht?
Aw, doon aside 'at reed firelicht.
Ir ye gan tae let it aa hing oot?
Fat doupit quines ye mak i'rockin world ging roon.

Ah wiz jist a beeney loon, didna ken ma wie roon toon,
Bit Ah kent love fan Ah wiz at i'skweel.
Ah kin mind on big fat Fanny, she wiz pally wi' i'janny.
Ach wifie, ye mad me ging richt feel.

Ah've been singin wi' a band, across i'watter, across i'land.
Ah've seen heaps o' weel heeled wifies on i'street.
Bit aa o' yon posh style, wint soor efter a file.
Tak me tae 'em curvy quinies fur a treat.

Ir ye gan tae tak me hame i'nicht?
Aw, doon aside 'at reed firelicht.
Ir ye gan tae let it aa hing oot?
Fat doupit quines ye mak i'rockin world ging roon.
Fat doupit quines ye mak i'rockin world ging roon.

Noo, Ah've a mortgage an a hoose, although Ah am still fitloose.
'Ere's nae beauty queens in 'is toon.
Bit, Ah kin still hae pleasure, fur it's ma greatest treasure
Haein a fat doupit quine tae come aroon.

Ir ye gan tae tak me hame i'nicht?
Aw, doon aside 'at reed firelicht.
Ir ye gan tae let it aa hing oot?
Fat doupit quines ye mak i'rockin world ging roon.
Fat doupit quines ye mak i'rockin world ging roon.

Get in i'car fur a ride.

FIT ABOOT US?
(by Punk)

La-da-da-da-da, la-da-da-da-da.
Da-da-da.

We ir searchlichts, we kin see in i'dark.
We ir rockets, pyntit up at a star.
We ir millions o' bonnie fowk in a park.
An ye selt us doon i'river ower far.

Fit aboot us?
Fit aboot aa i'times ye said ye hid i'answers.
Fit aboot us?
Fit aboot aa i'broken happy ivir efters.
Fit aboot us?
Fit aboot aa i'plans 'at turnt intae disasters.
Fit aboot love? Fit aboot trust?
Fit aboot us?

We ir problems 'at need solutions.
Dinna pit us in institutions.
We wir willin, we came fan ye spoke.
Bit, weel, ye foolt us an 'at wiz nae joke.

Fit aboot us?
Fit aboot aa i'times ye said ye hid i'answers.
Fit aboot us?
Fit aboot aa i'broken happy ivir efters.
Fit aboot us?
Fit aboot aa i'plans 'at turnt intae disasters.
Fit aboot love? Fit aboot trust?
Fit aboot us?

Fit aboot us?
Fit aboot aa i'plans 'at turnt intae disasters.
Fit aboot love? Fit aboot trust?
Fit aboot us?

Sticks an steens, they kin brak these beens.
Bit then Ah'll be ready. Ir ye ready?
It's i'stert o' us waknin up, come awa.
Ir ye ready? Ah'll be ready.
Ah dinna wint control. Dinna wint it at aa.
Ir ye ready? Ah'll be ready.
Cause noo is i'time tae let 'em ken we're ready.
Fit aboot us?

Fit aboot us?
Fit aboot aa i'times ye said ye hid i'answers.
Fit aboot us?
Fit aboot aa i'broken happy ivir efters.
Fit aboot us?
Fit aboot aa i'plans 'at turnt intae disasters.
Fit aboot love? Fit aboot trust?
Fit aboot us?

Fit aboot us?
Fit aboot us?
Fit aboot us?
Fit aboot us?
Fit aboot us?
Fit aboot us?

FIT DIV YE MEAN?
(by Dustin Beaver)

Fit div ye mean, oh-ho?
Fan ye nod yer heid, aye.
Bit ye wint tae say na.
Fit div ye mean, hey-ho?
Fan ye dinna wint me tae move,
Bit tell me tae ging awa.
Fit div ye mean?

Och, fit div ye mean?
Say yer runnin oot o' time, fit div ye mean?
Och, och, och, fit div ye mean?
Dae ye wint vodka an lime?
Fit div ye mean?

Jist mak yer mind up noo, 'at's fit Ah say.
Try tae catch i'beat, feel yer ain hert.
Dinna ken if yer happy or complainin,
Dinna wint us tae part. Far div ah stert?

First ye wint tae ging tae i'left, then ye wint tae turn richt.
Wint tae argue aa day, an mak love aa nicht.
First yer up, then yer doon, midnicht or noon.
Och, ah really wint tae ken.

Fit div ye mean, oh-ho?
Fan ye nod yer heid, aye.
Bit ye wint tae say na.
Fit div ye mean, hey-ho?
Fan ye dinna wint me tae move,
Bit tell me tae ging awa.
Fit div ye mean?

Och, fit div ye mean?
Say yer runnin oot o' time, fit div ye mean?
Och, och, och, fit div ye mean?

Dae ye wint vodka an lime?
Fit div ye mean?

Ah'm tryin tae get far Ah'm no reachin.
Try tae comprimise, bit Ah canna win.
Ye wint tae mak a pynt, bit ye keep preachin.
ye hid me fae i'stert, winna let it end.

First ye wint tae ging tae i'left, then ye wint tae turn richt.
Wint tae argue aa day, an mak love aa nicht.
First yer up, then yer doon, midnicht or noon.
Och, ah really wint tae ken.

Fit div ye mean, oh-ho?
Fan ye nod yer heid, aye.
Bit ye wint tae say na.
Fit div ye mean, hey-ho?
Fan ye dinna wint me tae move,
Bit tell me tae ging awa.
Fit div ye mean?

Och, och (this is oors quinie, aye)
Fan ye nod yer heid, aye.
Bit ye wint tae say na.
Fit div ye mean?
(Yer so confusin quinie) hey-ho.
Fan ye dinna wint me tae move,
Bit tell me tae ging awa.
Fit div ye mean?

Och, fit div ye mean?
Say yer runnin oot o' time, fit div ye mean (oh mercy)?
Och, och, och, fit div ye mean?
Dae ye wint vodka an lime?
Fit div ye mean?

FIT'S UP?
(Fower Aul Brunettes)

Twinty five years an ma life is still,
Tryin tae clim up 'at great big hill o' hope,
Fur a destination.

Ah realised quickly fan ah lookit at flooers,
That i'world spins aroon jist as quick as it kin,
Iviry twinty fower oors.
An so ah greet sometimes,
Fan Ah'm skoofin meade, an man, it disna hauf,
Ging tae ma heid.
An weel, Ah feel a touchie peculiar.

An then Ah wak up in i'mornin,
An Ah step ootside.
Ah tak a richt big breath an Ah get real high,
An Ah scream so abiddy kin hear,
Fit's gingin on?
An Ah say, hey aye, aye. Hey, aye, aye.
Ah said hey, fit's gingin on?
An Ah say, hey aye, aye. Hey, aye, aye.
Ah said hey, fit's gingin on?

Och, och, woo-hoo, hoo, hoo, hoo.
Och, och, woo-hoo, hoo, hoo, hoo.
Och, och, woo-hoo, hoo, hoo, hoo.
Och, och, woo-hoo, hoo, hoo, hoo.

An Ah try, aw michty, div Ah try?
Ah try aa i'time in 'is institution.
An ah pray, aw God, div ah pray?
Ah pray iviry singil day fur a revolution.

An so ah greet sometimes,
Fan Ah'm skoofin meade, an man, it disna hauf,
Ging tae ma heid.
An weel, Ah feel a touchie peculiar.

An then Ah wak up in i'mornin,
An Ah step ootside.
Ah tak a richt big breath an Ah get real high,
An Ah scream so abiddy kin hear,
Fit's gingin on?
An Ah say, hey aye, aye. Hey, aye, aye.
Ah said hey, fit's gingin on?
An Ah say, hey aye, aye. Hey, aye, aye.
Ah said hey, fit's gingin on?
An Ah say, hey aye, aye. Hey, aye, aye.
Ah said hey, fit's gingin on?
An Ah say, hey aye, aye. Hey, aye, aye.
Ah said hey, fit's gingin on?

Och, och, woo-hoo.
Och, och, woo-hoo, hoo, hoo, hoo.

Twinty five years an ma life is still,
Tryin tae clim up 'at great big hill o' hope,
Fur a destination.

FLEEIN
(by Dod Tueart)

Ah am fleein, Ah am fleein,
Hame again throu' i'sky.
Ah am fleein, in a jumbo,
Tae be back hame fae Dubai.

Ah am failin, Ah am failin,
Tae get hame in daylicht.
Ah am failin, och Ah'm wailin,
Ah'll no be hame till i'nicht.

Kin ye hear me? Kin ye hear me?
Ah'm spikkin intae ma phone.
It's been a wik, since Ah heard ye spik.
Foo Ah'd love tae hear ye moan.

Ye canna hear me, ye canna hear me,
'Ere's nae signal on ma phone.
It's been a wik, since Ah heard ye spik.
Foo Ah'd love tae hear ye moan.

Ah am fleein, Ah am fleein,
Hame again throu' i'sky.
Ah am fleein, in a jumbo,
Tae be back hame fae Dubai.

Och aye, tae be back hame far Ah shoud be.
Och aye, tae be back hame far Ah shoud be.
Och aye, tae be back hame far Ah shoud be.
Och aye.

FLOOERS IN I'WINDAE
(by Trampis)

Fan Ah first held ye, Ah wiz telt,
Ah'm like a snaman aboot tae melt.
Bit, 'at isna quite foo Ah felt.
An fit is mair,
Ah kent ah'd be aleen fur ivirmair.

Wow, see ye i'day. Flooers in i'windae.
It's sic a braw mornin.
An Ah'm gled ye feel i'same.
Ah canna wait tae get ye hame.
Yer een in a million, an Ah love ye so.
Let's watch i'flooers grow.

Bit there's nae reasons tae feel bad.
Bit there's mony seasons tae feel bad, sad, mad.
It's jist a bunch o' feelins that we hae tae haud.
Bit Ah'm here tae help, yer no on yer tod.

Wow, see ye i'day. Flooers in i'windae.
It's sic a braw mornin.
An Ah'm gled ye feel i'same.
Ah canna wait tae get ye hame.
Yer een in a million, an Ah love ye so.
Let's watch i'flooers grow.

So noo we're here an noo is fine.
So far awa fae there. An there is time, time, time,
Tae plant neu seeds an watch 'em grow.
So, there'll be flooers in i'windae doon alow.

Wow, see ye i'day. Flooers in i'windae.
It's sic a braw mornin.
An Ah'm gled ye feel i'same.
Ah canna wait tae get ye hame.
Yer een in a million, an Ah love ye so.
Let's watch i'flooers grow.

Wow, see ye i'day. Flooers in i'windae.
It's sic a braw mornin.
An Ah'm gled ye feel i'same.
Ah canna wait tae get ye hame.
Yer een in a million, an Ah love ye so.
Let's watch i'flooers grow.

Let's watch i'flooers grow.

FROG ON I'LINE
(by Linda's Ferm)

Bidin in Bertie's Bistro,
Bitin Buchan's best bradies.
Slippin doon slowly, slippin doon sidewies,
Tasty treat fur laddies.

Fur i'frog on i'line is no mine, no mine.
I'frog on i'line is no mine.
I'toad in i'road, is no fine, no fine,
I'toad in i'road is no fine.

Could a copper catch a crookit coffin maker?
Could he look him in i'een?
Weel, a crookit coffin maker is jist an unnertaker,
Fa unnertaks tae be a freen.

Fur i'frog on i'line is no mine, no mine.
I'frog on i'line is no mine.
I'toad in i'road, is no fine, no fine,
I'toad in i'road is no fine.

Tell i'truth i'morn, i'day will tak it's time tae,
Tell ye fit i'nicht will bring.
Affa seen we'll hae a dram or twa igithir,
Abiddy dee'in their thing.

We kin swing igithir, fitivir i'withir,
We kin hae a wet on i'waa.
If Sandy slips a whisper,
'At Sally's simple sister sings Scots sangs,
File swayin on a seesaw.

Fur i'frog on i'line is no mine, no mine.
I'frog on i'line is no mine.
I'toad in i'road, is no fine, no fine,
I'toad in i'road is no fine.

Fur i'frog on i'line is no mine, no mine.
I'frog on i'line is no mine.
I'toad in i'road, is no fine, no fine,
I'toad in i'road is no fine.

GAN UNNERGROON
(by i'Jeely)

Some fowk micht say ma life is boring, but,
Ah'm happy wi' fit Ah've got.
Fowk think Ah should dae mair an burst a gut,
Ah fine an happy i'wie things ir.
Something's gan on here i'day,
A pageant led by i'boys brigade.
An Ahm fair chuffed 'at yer sae kind.
Ye tak aa ma siller, but Ah dinna mind.
Tae buy funcy cleys an aa o' 'at stuff,
An fowk get fit they wint an ging in i'huff,
Bit Ah dinna need fit they hiv got.

Ah've gan unnergroon (gan unnergroon)
Weel, fan i'pipe band plays aa through i'toon.
Gan unnergroon (gan unnergroon)
Weel, let i'loons aa sing an let i'loons aa shout fur i'morn.

Some fowk micht no like bein ower het.
An no bein caul either, Ah wid bet.
Ye ken 'at ye need a pint or twa tae relax.
An claim it back aff o' yer income tax.
Bit, fit ye spy is fit ye get,
Ye've got a bed, so ye can lie on it.
Ye choose yer leaders an place yer trust.
As they spoot oot their lees an i'promises rust.
Ye'll see baps an rowies replaced by currant buns.
An fowk get fit they wint an ging in i'huff,
Bit Ah dinna need fit they hiv got.

Ah've gan unnergroon (gan unnergroon)
Weel, fan i'pipe band plays aa through i'toon.
Gan unnergroon (gan unnergroon)
Weel, let i'loons aa sing an let i'loons aa shout fur i'morn.

La-la,la,la. (Och) La-la,la,la.

We spik an spik till Ah overdose.
Ah turn on i'nyous an ma puir heid froze.
Sic a load o' kale on i'TV screen,
Mad 'is loon shout, mad 'is loon scream.
Gan unnergroon.
Ah'm gan unnergroon.
Ah'm gan unnergroon.
Ah'm gan unnergroon.

La-la,la,la. (Och) La-la,la,la.
(Och) La-la,la,la. (Och) La-la,la,la.

Sic a load o' kale on i'TV screen,
Mad 'is loon shout, mad 'is loon scream.

Gan unnergroon (gan unnergroon)
Weel, fan i'pipe band plays aa through i'toon.
Gan unnergroon (gan unnergroon)
Weel, let i'loons aa sing an let i'loons aa shout.

Gan unnergroon (gan unnergroon)
Weel, fan i'pipe band plays aa through i'toon.
Gan unnergroon (gan unnergroon)
Weel, let i'loons aa sing an let i'loons aa shout fur i'morn.

GIE PIZZA A CHANCE
(by i'Kurry Oki Band)

(Twa, een twa three fower).
Abiddy's spikkin aboot
Macaroni, cannelloni, rigatoni, ravioli, guacamole, alioli,
roly poly, holy moly, ole, ole-la.

Aa we ir sayin is gie pizza a chance.
Aa we ir sayin is gie pizza a chance.

(C'wa) Abiddy's spikkin aboot,
Chicken dippers, fried kippers, golden slippers, wee nippers,
Biled eggs and spiled eggs, Mike's bikes an trikes,
An fit likes. Fit like?

Aa we ir sayin is gie pizza a chance.
Aa we ir sayin is gie pizza a chance.

Let me tell ye noo. Abiddy's spikkin aboot,
Spaghetti, fazzoletti, tagliatelle, vermicelli,
Fetuccini, linguine, Mussolini,
Chapatis, Nora Batty's mince an tatties.

Aa we ir sayin is gie pizza a chance.
Aa we ir sayin is gie pizza a chance.

(Keep gawin) Abiddy's spikkin aboot,
Dixie Deans, drama queens, movie scenes, flared jeans,
Rowdy teens, wyes an means, ripe geans, sardines,
Bakit beans, bakit, bakit beans.
Aa we ir sayin is gie pizza a chance.
Aa we ir sayin is gie pizza a chance.
 (ye kin hae it wi' ham or pepperoni).
Aa we ir sayin is gie pizza a chance.
Aa we ir sayin is gie pizza a chance.
A'richt. Weel deen!

GOT MA QUINE SET IN GLUE
(by Podge Garrison)

Ah got ma quine set in glue, Ah got ma quine set in glue.
Ah got ma quine set in glue, Ah got ma quine set in glue.

Bit it's no like honey. It's mair sticky than honey.
Bit it costs a lot less than honey, tae dae it richt, min.

It's gan tae tak time. A hale heap o' precious time.
It'll tak some patience an time, mmm.
Tae set it, tae set it, tae set it, tae set it, tae set it,
Tae set it richt, min.

Ah got ma quine set in glue, Ah got ma quine set in glue.
Ah got ma quine set in glue, Ah got ma quine set in glue.

An 'is time Ah ken it's fur real. Teach her tae caa me feel.
Ah kent if ah pit ma mind tae it, Ah ken 'at Ah really cud dae it.

Ah got ma quine set in glue (set in glue).
Ah got ma quine set in glue (set in glue).

Bit it's no like honey. It's mair sticky than honey.
Bit it costs a lot less than honey, tae dae it richt, min.

It's gan tae tak time. A hale heap o' precious time.
It'll tak some patience an time, mmm.
Tae set it, tae set it, tae set it, tae set it, tae set it,
Tae set it richt, min.

Ah got ma quine set in glue, Ah got ma quine set in glue.
Ah got ma quine set in glue, Ah got ma quine set in glue.

An 'is time Ah ken it's fur real. Teach her tae caa me feel.
Ah kent if ah pit ma mind tae it, Ah ken 'at Ah really cud dae it.

Bit it's no like honey. It's mair sticky than honey.
Bit it costs a lot less than honey, tae dae it richt, min.

It's gan tae tak time. A hale heap o' precious time.
It'll tak some patience an time, mmm.
Tae set it, tae set it, tae set it, tae set it, tae set it,
Tae set it richt, min.

Ah got ma quine set in glue, Ah got ma quine set in glue.
Ah got ma quine set in glue, Ah got ma quine set in glue.

GREAT BAAS O' FLAME
(by Terry Dee Lupus)

Ye shak ma beens an ye rattle ma heid,
Ower muckle love maks me feel gweed.
Dae fit ye will, it's sic a thrill.
Michty, mercy, great baas o' flame.

Ah lachit at love fur Ah thocht it funny,
Ye cam alang an took aa ma money.
Ah didna mind, cause ye wir kind.
Michty, mercy, great baas o' flame.

Kiss me quinie, och feels gweed. Haud me quinie.
Weel, Ah jist canna get ye oot o' ma heid.
Yer fine, fit a quine,
Got tae tell abiddy 'at yer mine, mine, mine, mine.

A bite ma nails and sook on ma thoom,
Ma hert is beatin a-boom, boom, boom.
Och Daisy, ye drive me crazy.
Michty, mercy, great baas o' flame.

Kiss me quinie, och feels gweed. Haud me quinie.
Weel, Ah jist canna get ye oot o' ma heid.
Yer fine, fit a quine,
Got tae tell abiddy 'at yer mine, mine, mine, mine.

A bite ma nails and sook on ma thoom,
Ma hert is beatin a-boom, boom, boom.
Och Daisy, ye drive me crazy.
Michty, mercy, great baas o' flame.

GWEED VIBRATIONS
(by i'Seaside Loons)

Ah love i'funcy cleys she wears,
An i'wie i'sunlicht plays aa ower her hair.
Ah hear i'soun o' a doric word,
On i'win' that lifts her rare scent throu i'air.

Ah'm pickin up gweed vibrations.
She's ge'in me nae explanations (oop bop bop).
Ah'm pickin up gweed vibrations (gweed vibrations, oop bop bop).
She's ge'in me nae explanations (explanations, oop bop bop).
Ah'm pickin up gweed vibrations (gweed vibrations, oop bop bop).
She's ge'in me nae explanations (explanations, oop bop bop).
Ah'm pickin up gweed vibrations (gweed vibrations, oop bop bop).
She's ge'in me nae explanations (explanations).

Shut ma een, she's somehoo nearer noo.
Smirky smile, Ah ken she'll unnerstan.
Fan Ah look intae her een,
She comes wi' me tae a wunnerlan.

Ah'm pickin up gweed vibrations.
She's ge'in me nae explanations (oop bop bop).
Ah'm pickin up gweed vibrations (gweed vibrations, oop bop bop).
She's ge'in me nae explanations (explanations, oop bop bop).
Ah'm pickin up gweed vibrations (gweed vibrations, oop bop bop).
She's ge'in me nae explanations (explanations, oop bop bop).
Ah'm pickin up gweed vibrations (gweed vibrations, oop bop bop).
She's ge'in me nae explanations (explanations).

Ach, ach, me, me fit elation.
She gings in her car, bit Ah dinna ken far.
Och, me, me fit a sensation.
Och, me, me fit elation.
Och, me, me fit!

Got tae keep those lovin gweed vibrations happenin wi' her.
Got tae keep those lovin gweed vibrations happenin wi' her.
Got tae keep those lovin gweed vibrations happenin wi' her.

Aaaah! Gweed, gweed, gweed, gweed vibrations (oop bop bop).
She's ge'in me excitations (excitations, oop bop bop).
Ah'm pick up gweed vibrations.

Na, na,na,na,na,na,na,na.
Na, na,na,na,na,na,na,na. (bop, bop, bop, bop, bop, bop).
Do, do, do, do, do. Do, do, do (bop, bop, bop, bop, bop, bop).
Do, do, do, do, do. Do, do, do (bop, bop, bop, bop, bop, bop).

GWEEDY TWA SHEEN
(by Madam Aunt)

Fan i'hertbreak opens, ower muckle tae hide.
Pit on some mak up, mak up.
Mak shair they get yer gweed side, gweed side.

If words ir unspoken, get stuck in yer throat.
Send awa fur a token, token.
An get an aul pound note, pound note.

Gweedy twa, gweedy twa, gweedy gweedy twa sheen.
Gweedy twa, gweedy twa, gweedy gweedy twa sheen.

Dinna drink, dinna smoke. Fit div ye dee?
Dinna drink, dinna smoke. Fit div ye dee?
Muckle innuendos folla,
Ah ken ah should bide inside.

Ah dinna care fur fashion, 'at wid be a joke.
Ye ken we're gan tae hing 'em, hing 'em.
Ticht enuch so they choke, they choke.

Fan they spied ye kneelin. Weel, ye ken fit ah mean.
It opent their een up, een up.
Ah dinna ken fit they seen, they seen.

Gweedy twa, gweedy twa, gweedy gweedy twa sheen.
Gweedy twa, gweedy twa, gweedy gweedy twa sheen.

Dinna drink, dinna smoke. Fit div ye dee?
Dinna drink, dinna smoke. Fit div ye dee?
Muckle innuendos folla,
Ah ken ah should bide inside.

Naebiddy's gan tae tell me, fit's wrang an fit's richt.
Or tell me fa tae eat wi', sleep wi',
Or fit Ah'm dae'in at nicht, at nicht.

Look oot fan they tell ye, yer a superstar.
Twa wiks an yer an aa time legend.
Ah think 'at's gan ower far, ower far.

If words ir unspoken, get stuck in yer throat.
Send awa fur a token, token.
An get an aul pound note, pound note.

Dinna drink, dinna smoke. Fit div ye dee?
Dinna drink, dinna smoke. Fit div ye dee?
Muckle innuendos folla,
Ah ken ah should bide inside.

Jist dinna drink, dinna smoke. Fit div ye dee?
Dinna drink, dinna smoke. Fit div ye dee?
Muckle innuendos folla,
Ah ken ah should bide inside.

Jist dinna drink, dinna smoke. Fit div ye dee?
Dinna drink, dinna smoke. Fit div ye dee?
Muckle innuendos folla,
Ah ken ah should bide inside.

Jist dinna drink, dinna smoke. Fit div ye dee?
Dinna drink, dinna smoke. Fit div ye dee?
Muckle innuendos folla,
Ah ken ah should bide inside.

GYPIT
(by Snarls Darkly)

Ah mind fan, Ah mind,
Ah mind fan Ah lost i'heid.
'Ere wiz somethin affa fine aboot 'at place.
Ye cud hear a peen drappin in aa 'at empty space.
An fan yer in 'ere wi'oot care,
Aye, Ah wiz oot o' touch.
Bit it wisna because Ah didna ken enuch,
Ah jist kent ower much.

Diz 'at mak me gypit? Diz 'at mak me gypit?
Diz 'at mak me gypit? Possibly.

An Ah hope that yer haen i'time o' yer life.
Bit, think twice, tak ma bittie advice.
Come awa noo, fa div ye, fa div ye, fa div ye,
Fa div ye think ye ir?
Ho, ho, ho, puir wee soul,
Ye really think yer in control.

Ah think yer gypit. Ah think yer gypit.
Ah think yer gypit. Jist like me.

Ma heroes aa wint oot on a limb an got themsels lost.
An aa ah ever winted wiz tae be jist like they wir.
Ever since Ah wiz wee,
Ever since Ah wiz wee it wiz ma scene.
An it's nae coincidence 'at Ah'm here.
An Ah kin dee fit Ah'm deen.

Bit, maybe Ah'm gypit. Maybe yer gypit.
Maybe we're gypit. Probably.

HAIKIN ON I'MEEN
(by i'Polis)

Great muckle steps ir fit ye tak, haikin on i'meen.
Ah hope ma ligs dinna brak, haikin on i'meen.
We cud haik firivir, haikin on i'meen.
We cud bide igithir, haikin on i'meen.

Haikin back fae yer hoose, haikin on i'meen.
Haikin back fae yer hoose, haikin on i'meen.
Ma feet kin jist touch i'groon, haikin on i'meen.
Ma feet divna mak a soun, haikin on i'meen.

Some fowk grin, look at i'state Ah'm in.
Hey min, ye ken Ah jist canna win.
Fowk grin. They dinna ken far Ah've bin.
Come in, wid ye like a dram or gin?

Great muckle steps ir fit ye tak, haikin on i'meen.
Ah hope ma ligs dinna brak, haikin on i'meen.
We cud haik firivir, haikin on i'meen.
We cud bide igithir, haikin on i'meen.

Some fowk grin, look at i'state Ah'm in.
Hey min, ye ken Ah jist canna win.
Fowk grin. They dinna ken far Ah've bin.
Come in, wid ye like a dram or gin?

Sup it up.
Sup it up.
Sup it up.
Sup it up.
Sup it up.
Sup it up.

HALE LOT O' LOVE
(by Irn Airship)

Ah got a feelin, Ah'm aye reelin,
Ah'm gan tae send ye back tae skweelin.
Way doon iside, och aye ye need it.
Gan tae gie ye ma love.
Gan tae gie ye ma love.

Wint a hale lot o' love.
Wint a hale lot o' love.
Wint a hale lot o' love.
Wint a hale lot o' love.

Ye've bin learnin. Yeah quine, Ah've bin learnin.
Aa o' them gweed times, quine. Ah've bin yearnin.

Way, way doon inside, quinie ye need me.
Ah'm gan tae gie ye ma love.
Ah'm gan tae gie ye ma love.

Hale lot o' love.
Wint a hale lot o' love.
Wint a hale lot o' love.
Wint a hale lot o' love.

Ye've bin coolin, an quine, Ah've bin droolin.
Aa them gweed times quine, there's nae foolin.

Way, way doon inside, quinie ye need me.
Ah'm gan tae gie ye iviry inch o' ma love.
Ah'm gan tae gie ye ma love.

Hey. Aricht. Let's ging!

Hale lot o' love.
Wint a hale lot o' love.
Wint a hale lot o' love.

Wint a hale lot o' love.

Way doon inside, Quinie, ye need ... love!

Ma, ma, ma, ma, ma, ma, ma, ma guidness.

Shak fur me quine.
Ah cud be yer backdoor mannie.

Hey, och hey, och.
Hey, och hey, och.
Oooh. oh, oh, oh, oh.

Cool, ma, ma quinie
Keep it cool, quinie.
Keep it cool, quinie.
Och, keep it cool, quinie.
Och, keep it cool, quinie.
Och, keep it cool, quinie.

HARRY LEWIS
(by Alex lands a Turk)

Noo, Ah've heard 'ere wiz a secret sang.
Fit Davy played an got it aa wrang.
Bit, ye dinna really care fur sangs. Fa diz?
It gings like 'is, a howl an scream,
A nichtmare taks ower fae a dream.
A baffled loon singin Harry Lewis.

Harry Lewis, Harry Lewis.
Harry Lewis, Harry Lewis.

She took aff her wig an her false teeth,
Ye spied her bathin on i'reef.
Ye cheered, bit abiddy else stertit tae hiss.
She sat ye doon upon a chair,
Got oot a bowel an cut yer hair.
An aa 'at ye cud see wiz Harry Lewis.

Harry Lewis, Harry Lewis.
Harry Lewis, Harry Lewis.

Weel, maybe cloods cover i'skies,
An fan it gets dull ye love het pies.
So, jist mak yer wie roon tae Bakery Bliss.
It's no a crime tae ett pies at nicht,
They taste jist as gweed fan it's no daylicht.
An ye kin aye share een wi' Harry Lewis.

Harry Lewis, Harry Lewis.
Harry Lewis, Harry Lewis.

Harry Lewis, Harry Lewis.
Harry Lewis, Harry Lewis.

Weel noo, Ah hiv bin here afore,
Ah kint fan Ah opent 'at door.

Ye see, Ah eence bade on ma ain in Auchterless.
An Ah ken 'at ye've bin tae Drumoak.
Ah spied ye there, through yer disguise o' an aul grey cloak.
It wiz een 'at ye borrowed fae Harry Lewis.

Harry Lewis, Harry Lewis.
Harry Lewis, Harry Lewis.

There wiz a time fan ye'd let me ken.
Fit wint on at Rubislaw Den.
Bit noo ye dinna spik 'at much, ach ken 'is,
Ah seek fed up o' aa yer silly games,
Fae yer yunger days wi' Alex an James.
An aa i'time ye should hae been wi' Harry Lewis.

Harry Lewis, Harry Lewis.
Harry Lewis, Harry Lewis.

Noo, Ah've deen ma best, Ah ken it wisna much.
Ah couldna see, so Ah hid tae touch.
Ah telt i'truth, me comin here i'day wiz a bittie hit or miss.
An even though it aa wint wrang,
Ah'll staun richt here an keep singin ma sang,
Wi' nithin, nithin on ma mind bit Harry Lewis.

Harry Lewis, Harry Lewis.
Harry Lewis, Harry Lewis.
Harry Lewis, Harry Lewis.
Harry Lewis, Harry Lewis.

Harry Lewis.

HAUD YER WHEESHT
(by Flo Scoltie Music Theatre)

Fit like? Ah'm fair Erchie an Ah've got somethin richt gweed fur ye.
Aricht?
Een, twa, three, fower!

Fan Ah wiz a loon roon aboot i'high skweel time,
Mithir telt me nae tae hing aboot wi' i'roch loons.
Ayewiz playin pool, an at darts hittin i'bull.
It fair mad me seek, aa i'things Ah'd no tae dee.
Thocht Ah'd rin awa an spend ma life at sea.
Min, it maks me seek, tryin tae dee i' richt things,
An it fair baathers me.
An mithir aye said 'is aa o' i'time.

Fit's a dee wi' ye? Ye've got nae respect.
Fit d'ye think yer dee'in? Yer gie doon in i'mou.
It's no sae bad, i'dugs ir no unleashed.
Ach, jist haud yer wheest.

Aye, 'at's ma mithir. Ah kin mind 'at.
An accordion tyown. Aye, play it eence mair.
Affa gween, affa gweed.

Bit, seen'll come a day, fan Ah'll be a big star.
Ah'll be on telly, on i'stage an i'screen.
Ah'll maybe get a car, bit Ah'll aye be masel.
Ah widna wint tae change a thing.
Still Ah'd dunce an sing.
An think o' mithir, fan she wid spik.

Fit's a dee wi' ye? Ye've got nae respect.
Fit d'ye think yer dee'in? Yer gie doon in i'mou.
It's no sae bad, i'dugs ir no unleashed.
Ach, jist haud yer wheest.
Mithir, she said it aa o i'time.

Fit's a dee wi' ye? Ye've got nae respect.
Fit d'ye think yer dee'in? Yer gie doon in i'mou.
It's no sae bad, i'dugs ir no unleashed.
Ach, jist haud yer wheest.
Aye, 'at's ma mam.

Fit like abiddy, oot 'ere on radio an TV world.
Did ye ken 'at Ah had a big hit wi' 'is in i'Hebrides?
Haud yer wheest. Ah sing i'sang an abiddy claps their hans alang wie'it,
An 'at maks me feel rich gweed.
Ye wint tae learn i'sang, it's affa affa easy.
Ah sing fit's a dee wi' ye', an ye ging 'Hoi.
An 'en Ah sing i'rest o'it afore we aa sing igithir,
Ach, jist haud yer wheest.
Aricht, let's gie it a shottie noo.
Een, twa, three, fower!

Fit's a dee wi' ye? (Hoi) Ye've got nae respect (Hoi).
Fit d'ye think yer dee'in? (Hoi) Yer gie doon in i'mou (Hoi).
It's no sae bad, (Hoi) i'dugs ir no unleashed.
Ach, jist haud yer wheest.

Affa gweed, bit let's dee it better i'noo
Fit's a dee wi' ye? (Hoi) Ye've got nae respect (Hoi).
Fit d'ye think yer dee'in? (Hoi) Yer gie doon in i'mou (Hoi).
It's no sae bad, (Hoi) i'dugs ir no unleashed.
Ach, jist haud yer wheest.

Aricht. Eence mair fur mithir.
Fit's a dee wi' ye? (Hoi) Ye've got nae respect (Hoi).
Fit d'ye think yer dee'in? (Hoi) Yer gie doon in i'mou (Hoi).
It's no sae bad, (Hoi) i'dugs ir no unleashed.
Ach, jist haud yer wheest!

HERT O' GLESS
(by Brandie)

Eence hid love, kin ye no guess?
Seen turnt oot hid a hert o' gless.
Seemed like i'real MacKay, michty aye.
Bit it didna turn oot 'at wie.

Eence hid love an it wiz insane,
He wiz fancy an Ah wiz ower plain.
It seemed real enuch, bit there again,
He telt me 'at Ah wiz a pain.

In atween, fit Ah fun is pleasin an maks me feel fine,
Love is gie confusin, 'ere's nae peace o' mind.
If Ah fear Ah'm lossin ye it's jist nae yees,
Ye nivir gie me peace.

Eence hid love, kin ye no guess?
Seen turnt oot hid a hert o' gless.
Seemed like i' real MacKay, michty aye.
Bit it didna turn oot 'at wie.

Lost inside, affa gweed illusion an Ah canna hide,
Ah'm i'een yer yaisin, dinna push me aside,
We cud mak it cruisin, aye.

Fa la da, la, la, la, la, la, la, la.
Fa la da, la, la, la, la, la, la, la.
Fa la da, la, la, la, la, la, la, la.
Aye, ridin high, richt up tae i'blue sky.

Woo-hoo, ooh, ooh.
Woo-hoo, ooh, ooh.

Eence hid love, kin ye no guess?
Seen turnt oot tae be a richt mess.
Seemed like i' real MacKay, michty aye.
Bit it didna turn oot 'at wie.

Woo-hoo, ooh, ooh.
Woo-hoo, ooh, ooh.

Fa la da, la, la, la, la, la, la, la.
Fa la da, la, la, la, la, la, la, la.
Fa la da, la, la, la, la, la, la, la.

HE'S NO HEAVY, HE'S MA BRITHIR
(by i'Dollies)

I' roadie's lang wi' mony a windin bend,
'At taks us tae far, fa kens far.
Fa kens far.

Bit, Ah'm strong, strong enuch tae kerry him,
He's no heavy, he's ma brithir.

So on we ging, his gweed health is ma concern,
Nae burden is he tae bear,
We'll get 'ere.

Fur Ah ken, 'at he windna hinder me.
He's no heavy, he's ma brithir.

If Ah'm laden at aa,
Ah'm laden wi' sadness,
That abiddy's hert isna filled wi' gladness,
O' love fur een an ithir.

It's a lang, lang roadie, fae which 'ere is nae return.
So, file we're gettin 'ere, we kin share.

An i'load disna weigh me doon at aa,
He's no heavy, he's ma brithir.

He's ma brithir.

He's no heavy, he's ma brithir.
He's no heavy, he's ma brithir.

HEY DUDE
(by i'Bottles)

Hey dude, Ah've got nae food an Ah'm in a richt crabbit mood.
Ah dream o' haein some caviar, but 'at's maybe gan ower far.
Ah'd settle fur some brose.

Nae food, the fridge is bare. Ah hivna aipples nor a pear.
Remember fan Ah'd peaches aa i'time,
Noo 'ere's nae lemon nor a lime.

An ony time Ah've hungir pain, Ah must refrain,
Fae dreamin o' pies an crisps, an monkey nuts.
Fir 'ere's nae steak an nae crispbake, Nae tarts, nae cake,
Tae feed an satisfy ma growlin guts.

Ba, na, na, na, na. Ba, na, na, na.

Nae food, jist neen ava. Nae tins o' ham, nor spaghetti hoops.
Nae packets o macaroni an cheese.
Nae beans, nae peas, or cup a soups.

So gie me stovies, gie me rawns. Posh food like prawns.
Ah'm wishin fur somethin fur ma supper.
An Ah dinna ken jist fit tae dee 'er's nae food fur me.
Ah'd fair like tae gan tae i'chipper.

Ba, na, na, na, na. Ba, na, na, na

Nae food. Ah mind i'days takin a het rowie smeared wi butter.
Ah remember fan Ah wint wi ma daddy an he got a haddie,
An fried it in batter, batter, batter, batter, batter... och!

Ba, na, na, ba, na, na, na, ba, na, na, na. Nae food.
Ba, na, na, ba, na, na, na, ba, na, na, na. Nae food.
Ba, na, na, ba, na, na, na, ba, na, na, na. Nae food.
Ba, na, na, ba, na, na, na, ba, na, na, na. Nae food.
(Food, food, foody foody, food food).

Ba, na, na, ba, na, na, na, ba, na, na, na. Nae food.
(See's a wee bittie loaf).
Ba, na, na, ba, na, na, na, ba, na, na, na. Nae food.
(Woop, woop, banana).
Ba, na, na, ba, na, na, na, ba, na, na, na. Nae food.
(Nae food, nae food).
Ba, na, na, ba, na, na, na, ba, na, na, na. Nae food.
Ba, na, na, ba, na, na, na, ba, na, na, na. Nae food.
Ba, na, na, ba, na, na, na, ba, na, na, na. Nae food.
[*fade awa*]

HIPPY
(by Far Oot Walliams)

It micht soun crazy fit Ah'm aboot tae say.
Sunshine is here, ye kin tak a break.
Ah'm a het air balloon fit cud ging intae space.
Wi' i'air, like Ah dinna care, quine, yah hay-hay.

Huh (Cause ah'm a hippy),
Clap alang if ye feel like a room wi'oot a reef.
(Cause Ah'm a hippy),
Clap alang if ye feel like 'is music maks ye deef.
(Cause Ah'm a hippy),
Clap alang if ye ken 'at yer happy aa i'day.
(Cause Ah'm a hippy),
Clap alang if ye ken 'at's fit ye wint tae dae.

Here's some bad nyows spikkin aboot 'is an 'at (aye).
Weel, gie it aa ye got noo, dinna slack (aye).
Weel, ah should maybe warn ye Ah'll be jist fine (aye).
Nae offence tae ye, dinna waste yer time. Fit wie?

Clap alang if ye feel like a room wi'oot a reef.
(Cause Ah'm a hippy),
Clap alang if ye feel like 'is music maks ye deef.
(Cause Ah'm a hippy),
Clap alang if ye ken 'at yer happy aa i'day.
(Cause Ah'm a hippy),
Clap alang if ye ken 'at's fit ye wint tae dae.

Ach, bring me doon.
Jist nithin kin bring me doon.
Ma heid's ower high tae bring me doon.
Jist nithin kin bring me doon aricht.
Bring me doon, jist nithin, bring me doon.
Ma heid's ower high tae bring me doon.
Jist nithin kin bring me doon, aricht.

Clap alang if ye feel like a room wi'oot a reef.
(Cause Ah'm a hippy),

Clap alang if ye feel like 'is music maks ye deef.
(Cause Ah'm a hippy),
Clap alang if ye ken 'at yer happy aa i'day.
(Cause Ah'm a hippy),
Clap alang if ye ken 'at's fit ye wint tae dae.

Clap alang if ye feel like a room wi'oot a reef.
(Cause Ah'm a hippy),
Clap alang if ye feel like 'is music maks ye deef.
(Cause Ah'm a hippy),
Clap alang if ye ken 'at yer happy aa i'day.
(Cause Ah'm a hippy),
Clap alang if ye ken 'at's fit ye wint tae dae.

Ach, bring me doon (hippy, hippy, hippy, hippy).
Jist nithin (hippy, hippy, hippy, hippy).
Bring me doon, ma heid's ower high.
Dinna bring me doon (hippy, hippy, hippy, hippy).
Kin nithin (hippy, hippy, hippy, hippy).
Bring me doon, Ah said?

Clap alang if ye feel like a room wi'oot a reef.
(Cause Ah'm a hippy),
Clap alang if ye feel like 'is music maks ye deef.
(Cause Ah'm a hippy),
Clap alang if ye ken 'at yer happy aa i'day.
(Cause Ah'm a hippy),
Clap alang if ye ken 'at's fit ye wint tae dae.

Clap alang if ye feel like a room wi'oot a reef.
(Cause Ah'm a hippy),
Clap alang if ye feel like 'is music maks ye deef.
(Cause Ah'm a hippy),
Clap alang if ye ken 'at yer happy aa i'day.
(Cause Ah'm a hippy),
Clap alang if ye ken 'at's fit ye wint tae dae.

Come awa!

HOLIE IN MA SHEEN
(by I'Roadyaisers)

Ah lookit up tae i'sky far a muckle pork pie,
Wiz lookin at me fae a big tattie tree.
Bit, ken fit Ah mean?
I'holie in ma sheen wiz lettin in watter (lettin in watter).

Ah trampit throu i'park happy as a lark.
Till blue wint ma knees in i'stervin north breeze.
Bit, ken fit Ah mean?
I'holie in ma sheen wiz lettin in watter (lettin in watter).

Ah climt ontae i'back o' a giant sparra,
That flew throu' a crack in a clood,
Tae a placie far abiddy wiz gey happy,
An music blared oot affa lood.

Ah stertit tae choke an suddenly woke.
An i'dew on i'gress hid weeted ma breeks.
Bit, ken fit Ah mean?
I'holie in ma sheen wiz lettin in watter (lettin in watter).
Aaaah. Aaaah.
Aaaah. Aaaah.

HOT BUN
(by Dod Erza)

Hame made crocodile, see ye later.
Gan oot on i'road, gan oot on i'road.
Somethin's no richt in i'air i'nicht,
Nithin looks quite i'same noo,
Ah cud get yaist tae it.

Time flees by in i'yella an green,
Stick aroon an ye'll see fit ah mean.
'Ere's a big hillie that Ah'm dreamin o'.
If ye wint me ye ken far Ah'll be.

A'll be ettin het buns unnerneath i'het sun.
Ah cud ett a hale ton (hale ton).
A'll be ettin het buns unnerneath i'het sun.
Ah cud ett a hale ton (hale ton).

We're sooth o' i'equator, navigator.
Got tae hit i'road, got tae hit i'road.
Spongebob Squarepants at i'kop,
Bikini bottom, lager top.
Ah cud get yeest tae 'is.

Time flees by in i'yella an green,
Stick aroon an ye'll see fit ah mean.
'Ere's a big hillie that Ah'm dreamin o'.
If ye wint me ye ken far Ah'll be.

A'll be ettin het buns unnerneath i'het sun.
Ah cud ett a hale ton (hale ton).
A'll be ettin het buns unnerneath i'het sun.
Ah cud ett a hale ton (hale ton).

We got twa in front (hey), twa in i'back (hey)
Ridin alang on i'railway track (track, track).

Time flees by in i'yella an green,
Stick aroon an ye'll see fit ah mean.
'Ere's a big hillie that Ah'm dreamin o'.
If ye wint me ye ken far Ah'll be.

A'll be ettin het buns unnerneath i'het sun.
Ah cud ett a hale ton (hale ton).
A'll be ettin het buns unnerneath i'het sun.
Ah cud ett a hale ton.

A'll be ettin het buns unnerneath i'het sun.
Ah cud ett a hale ton (hale ton).
A'll be ettin het buns unnerneath i'het sun.
Ah cud ett a hale ton, a hale ton, a hale ton, hale ton..

HOT TUB
(by Bonna Dummer)

Sittin here happy, mad as a hatter,
Feelin jist a touchie boozy.
Skoofin back ma ale in i' het watter,
Ye canna beat a gweed Jacuzzi.

Spikkin 'boot ma hot tub, quinie, 'is evenin.
Ah need a gweed soak, quinie, 'at's richt.
Spikkin 'boot ma hot tub, quinie, 'is evenin.
Got tae hae a hot tub, got tae hae a hot tub i'nicht.

Hot tub, quinie, quinie (i'nicht),
Ah need a hot tub quinie, quinie,
Quinie, quinie (i'nicht),
Ah wint ma hot tub quinie, quinie,
Quinie, quinie (i'nicht),
Ah need a hot tub quinie, quinie,
Quinie, quinie (i'nicht),
Quinie, quinie (i'nicht),
Quinie, quinie (i'nicht),
Quinie, quinie (i'nicht).

Sikkin oot a lover fa isna a mithir,
So Ah dinna hae tae dook aa aleen.
First thing in i'morn, Ah'll caa up ma brithir,
So, he kin gie it a gweed clean.

Spikkin 'boot ma hot tub, quinie, 'is evenin.
Ah need a gweed soak, quinie, 'at's richt.
Spikkin 'boot ma hot tub, quinie, 'is evenin.
Got tae hae a hot tub, got tae hae a hot tub i'nicht.

Hot tub, quinie, quinie. Quinie, quinie (i'nicht),
Ah need a hot tub quinie, quinie,
Quinie, quinie (i'nicht),
Ah need a hot tub quinie, quinie,

Quinie, quinie (i'nicht),
Ah need a hot tub quinie, quinie,
Quinie, quinie (i'nicht).

Hot, hot, hot, hot tub.

Ah need a hot tub quinie, quinie,
Quinie, quinie (i'nicht),
Ah need a hot tub quinie, quinie,
Quinie, quinie (i'nicht),
Ah need a hot tub quinie, quinie,
Quinie, quinie (i'nicht),

HOTEL TILLYPRONIE
(by i'Beagles)

On a dull country roadie, breeze blawn in ma hair.
Smell o' new flung dung risin up throu i'air.
Somewie up in i'distance, Ah spied a shimmerin licht.
Ma heid wiz spinnin and ma sicht wiz dim.
Ah hid tae stop fur i'nicht.
I'quinie stood in i'doorway,
Somebiddy wiz ringin a bell.
An Ah thocht tae masel,
This could be heaven or this could be hell.
Then she lit a cannil an showed me far tae gan.
There wiz voices commin fae a roomie,
An Ah winted tae sing alang.

Welcome tae i'Hotel Tillypronie.
Sic a gey braw place, sic a bonnie face.
There's ayewiz room at i'Hotel Tillypronie.
Ony time o' year ye kin fun us here.

Her brain is fair twistit, she got an aul John Deere.
She kens a lot o' bonnie, bonnie loons, bit they nivir come near.
Foo they jig in i'coortyerd, fair makin a sweat.
Some jig tae remember, some jig tae forget.

So Ah caa'ed oot fur i'factor,
Tae bring me a beer.
He said it 'we hivna selt ony fur a couple o' year'.
An Ah kin still hear those voices far awa,
Waknin ye up at midnicht,
Ach, that's nae ees ava.

Welcome tae i'Hotel Tillypronie.
Sic a gey braw place, sic a bonnie face.
There's ayewiz room at i'Hotel Tillypronie.
Ony time o' year ye kin fun us here.

They've got mirrors on i'reef.
Ginger beer in a gless.
An she said 'We're a' prisoners here, weel we ir mair or less'.
An in i'factors room,
Abiddy gaithered fur a feast.
They can stab it wi' their roosty knives,
Bit they'll nivir kill i'beast.

The last thing Ah kin mind,
Wiz rinnin fur i'door.
Ah hid tae fun i'passage back,
Tae far Ah wiz afore.
'Relax' said the nicht watchman,
'Ah ken it's hard tae believe,
Bit ye kin checkout onytime ye like,
Bit ye still kin nivir leave.'

Welcome tae i'Hotel Tillypronie.
Sic a gey braw place, sic a bonnie face.
There's ayewiz room at i'Hotel Tillypronie.
Ony time o' year ye kin fun us here.

HUNGIRT LIKE I'FOX
(by Dear Anne, Dear Anne)

Drunk in i'city, nicht on i'wine.
Steamin an blootered, no feelin fine.
Diddy doo dah, de doo dahh, de doo dah, dup dup doo.
Ma wifie wints me, she's caa'in me hame.
An fan Ah get 'ere guess fa she'll blame?
Diddy doo dah, de doo dahh, de doo dah, dup dup doo.

Ah've faa'in on i'grun,
Ah'm on i'hunt efter ma prey.
Ah've smelly socks, Ah'm oot o' ma box,
An Ah'm hungirt like i'fox.
Walk a straicht line, efter gallons o' wine.
Ah'm on i'hunt efter ma prey.
Ma mooth is droolin, Ah'm no foolin,
An Ah'm hungirt like i'fox.

Trip doon tae i'wids, ower close tae hide.
Ging hame fan it gets near high tide.
Diddy doo dah, de doo dahh, de doo dah, dup dup doo.
High bleed pressure on yer skin is gie ticht.
Ye'll hurt ma heid fan Ah cam back i'nicht.
Diddy doo dah, de doo dahh, de doo dah, dup dup doo.

Ah've faa'in on i'grun,
Ah'm on i'hunt efter ma prey.
Jump oot o' i'rocks, Rin roon i'docks,
An Ah'm hungirt like i'fox.
Walk a straicht line, efter gallons o' wine.
Howl an whine comin hame tae ye.
Ma mooth is droolin, Ah'm no foolin,
An Ah'm hungirt like i'fox.

Ah've set up a tab, tae buy a kebab.
Ah'm on i'hunt efter ma prey.
Ah've smelly socks, Ah'm oot o' ma box,

An Ah'm hungirt like i'fox.
Walk a straicht line, efter gallons o' wine.
Ah'm on i'hunt efter ma prey.
Ma mooth is droolin, Ah'm no foolin,
An Ah'm hungirt like i'fox.

I'DAY WE CAUGHT I'BUS
(by Affa Colour Scheme)

Ah nivir saw it fae i'stert. It's mair a chynge o' hert.
Rappin on i'windaes, fusslin doon i'chimney pot.
Blawn awa i'stoor in i'room far Ah forgot.
Ah hid ma plans in solid rock.

Steppin oot i'door in i'aul cleys Ah wore.
Whilin awa an oor or twa.
Lookin at i'trees aa alang i'road.
Athin wiz fair lookin braw.
We wir headin up i'coast,
Tae end up somewie bonnie like ye nivir saw.
Could we no see, it wisna tae be?
Fan Peggy came i'day we caught i'bus.

Oh-ho. La, la. Oh-ho. La, la.
Oh-ho. La, la. Oh-ho. La.

She skoofed anithir rum an coke, an telt a dirty joke.
Scratchin her rear end, puffin awa on a fag.
Rollin on i'flair, weel Ah cudna tak muckle mair.
Sikkin oot a game o' three caird brag.

Fan she wint awa, athin else wiz braw.
Waitin fur oor bus tae come.
Och, flippin heck, i'nicht wiz bleck,
Like soot faa'in doon yer lum.
We wir headin up i'coast,
Tae end up somewie, ach jist onywie at aa.
Ah hate tae say, fit she could dae?
Fan Peggy came i'day we caught i'bus.

Oh-ho. La, la. Oh-ho. La, la.
Oh-ho. La, la. Oh-ho. La.

Ye an me should hit i'road.
Jist loup on i'bus an wind up onywie.
Ging tae a place far we feel safe an soun.
Tae far i'burn flowed,
An we've aye got a blue sky.
(We've got i'hale wide world)

Oh-ho. La, la. Oh-ho. La, la.
Oh-ho. La, la. Oh-ho. La.

Fan ye fund things gettin oot o'han,
Div ye wint days like 'at?
Fan ye fund things gettin oot o'han,
Div ye wint days like 'at?
Fan ye fund things gettin oot o'han,
Div ye wint days like 'at?
Fan ye fund things gettin oot o'han,
Div ye wint days like 'at?

Oh-ho. La, la. Oh-ho. La, la.

I'WIFIE IN REED
(by Crisp DuBeke)

Ah've nivir seen ye lookin sae bonnie as ye did i'nicht.
Ah've nivir seen ye shine sae bricht.
Ah've nivir seen as mony mannies askin if ye wintit tae dance,
Jist sikkin oot a bittie romance, gein hauf a chance.
An Ah've nivir seen 'at frock yer wearin,
Or i'highlichts in yer hair 'at catch yer een.
Ah hiv bin blund.

I'wifie in reed is jiggin wi me, chick tae chick.
'Ere's naebiddy here, it's jist ye an me.
It's far ah wint tae be.
Bit Ah hardly ken i'quine Ah'm haudin ticht.
Ah'll nivir forget i'wie ye look i'nicht.

Ah've nivir seen ye lookin sae braw as ye did i'nicht,
Nivir seen ye shinin sae bricht, Ah wiz dumfoonert.
Ah've nivir seen as muckle fowk wintin tae be by yer side.
An fan ye turnt tae me an smiled, Ah fair blushit reed.
An Ah hiv nivir hid sic a feelin,
A feelin fit rippit oot ma hert, jist afore ah lost i'heid.

I'wifie in reed is jiggin wi me, chick tae chick.
'Ere's naebiddy here, it's jist ye an me.
It's far ah wint tae be.
Bit Ah hardly ken i'quine Ah'm haudin ticht.
Ah'll nivir forget i'wie ye look i'nicht.

Ah'll nivir will forget i'wie ye look i'nicht.
I'wifie in reed, i'wifie in reed.
I'wifie in reed, i'wifie in reed.

Ah love ye ...

IMOGEN
(by Jock Lemon)

Imogen - she's ma heaven, she's easy an she's fly
She fell alow us, abeen us wiz i'sky.
Imogen fur i'people livin on low pey .. a-ha.

Ma ma's gin's in i'country. It isna hard tae brew.
Juniper an sloe tae dee fur, it fair maks ye fu.
Ma ma's gin fur i'people, gein i'wife sim peace ... Ye,

Ye may say I'm a schemer, bit I'm no the only een.
Ah wint ye aa tae jine us an bide in Aiberdeen.

Imogen's no profession, got laid aff last wik.
Ower muckle o' ma ma's gin mad her affa sick.
Imogen fur i'people, sharin aa yon booze ... Ye,

Ye may say I'm a schemer, bit I'm no the only een.
Ah wint ye aa tae jine us an bide in Aiberdeen.

IN FETTERESSO
(by Elmer Parsley)

As i'sna faas, on a caul an grey Kincardine mornin,
A puir wee baby cheel is born,
In Fetteresso (in Fetteresso).

An his mithir greets, on a caul an grey Kincardine mornin,
Cause if there's een thing that she disna need,
It's anithir hungirt mooth fur her tae feed.
In Fetteresso (in Fetteresso).

Fowk dinna unnerstan, i'bairn needs a helpin han,
Or he'll grow tae be an angirt young loon some day.
Tak a keek at ye an me, ir we ower blund tae see?
Dae we jist turn oor heids an look ower i'brae?

Weel, i'world turns, an a hungirt wee loon wi' mucky paws,
Plays in i'street as i'caul win' blaws.
In Fetteresso (in Fetteresso).

An his hungir burns, so he sterts tae wander streets at nicht,
An he learns foo tae steal, an foo tae fecht richt.
In Fetteresso (in Fetteresso).

Then een nicht in desperation, i'young loon gings tae toon.
He gets a gun, steals a car, tries tae run, but he disna get far.
An his mithir greets.

As a crowd gethers roon an angirt young loon,
A gun in his han an lying face doon.
In Fetteresso (in Fetteresso).

An as her wee loon dees (in Fetteresso),
On a caul an grey Kincardine mornin,
Anithir wee baby cheel is born,
In Fetteresso (in Fetteresso).

An his mithir greets.
(In Fetteresso).
(In Fetteresso).
(Aaaah)

INFERNAL FLAME
(by i'Bracelets)

Shut yer een, gie me yer han, sweethert.
Dae ye feel ma hert beatin?
Dae yer unnerstan? Dae ye feel i'same?
Am Ah jist dreamin?
Is 'is burnin an infernal flame?

Ah believe oor love is soarin,
Ah watch ye fan ye ir snorin.
Is it jist a game? Dae ye feel i'same?
Am Ah jist dreamin?
Is 'is burnin an infernal flame?

Spik ma name, Sun shines throu i'rain.
A hale life appealin.
An then come an ease i'pain,
Ah dinna wint tae loss 'is feelin.

Spik ma name, Sun shines throu i'rain.
A hale life appealin.
An then come an ease i'pain,
Ah dinna wint tae loss 'is feelin.

Shut yer een, gie me yer han.
Dae ye feel ma hert beatin?
Dae yer unnerstan? Dae ye feel i'same?
Am Ah jist dreamin?
Is 'is burnin an infernal flame?

Shut yer een, gie me yer han, sweethert.
Dae ye feel ma hert beatin?
Dae yer unnerstan? Dae ye feel i'same?
Am Ah jist dreamin?
Is 'is burnin an infernal flame?

Shut yer een, gie me yer han, sweethert.
Dae ye feel ma hert beatin?
Dae yer unnerstan? Dae ye feel i'same?
Am Ah jist dreamin?
Is 'is burnin an infernal flame?

Shut yer een, gie me yer han, sweethert.

JELLY BEAN
(by Jack Mikelson)

Yoo hoo. Yoo hoo. Yoo hoo. Yoo hoo.

She wiz jist like a beauty queen fae a pictir scene.
Ah said nae metter. Fit dae ye mean? Ah am i'een,
Fa will jig on i'fleer in i'room.
She said Ah am i'een, fa will jig on i'fleer in i'room.

She telt me she wiz a jelly bean, an she caused a scene.
An aa i'heids turnt wi' een 'at dreamt o' bein i'een.
Fa will jig on i'fleer in i'room.

Fowk aye telt me tae tak care o' fit ye dee,
An dinna ging aboot brakin quine's herts.
An mithir ayewiz telt me tak care o' fa ye love.
An be carefu' fit ye dee in case an affa rumour sterts.

Jelly beans ir no ma taste.
She's tellin lees fan she says Ah am i'een.
Aa her sweets ir gan tae waste,
She says Ah am i'een, bit Ah'm leavin here seen.

Fur fower days an fower mair nichts,
Abiddy wiz on her side.
Bit her demand wisna fit Ah'd planned,
Far did she bide,
Efter we'd jigged on i'fleer in i'room?
So, tak ma strong advice, jist mind an ayewiz think twice.
(Ach, think twice. Ach, think twice).

She telt ma mithir we'd jigged till three, then she lookit at me.
She pu'ed oot a pictir an showed a loon wi' een like mine (och, na).
Fan we jigged on i'fleer in i'room (woo).

Fowk aye telt me tae tak care o' fit ye dee,
An dinna ging aboot brakin quine's herts.

She stood 'ere richt nixt tae me, wi' a gie strong smell o' scent.
She guessed Ah wiz nae gent, an kent jist fit she meant.

Jelly beans ir no ma taste.
She's tellin lees fan she says Ah am i'een.
An Ah'm leavin her seen.

Jelly beans ir no ma taste.
She's tellin lees fan she says Ah am i'een.
An Ah'm leavin her seen.
She's tellin lees an Ah'm leavin here seen.

She's tellin lees an Ah'm leavin here seen.

Jelly beans ir no ma taste.
She's tellin lees fan she says Ah am i'een.
An Ah'm leavin her seen.
She's tellin lees an Ah'm leavin here seen.

She says ah am i'een.
Ye ken fit ye've deen.
(Ah'm leavin here seen).
An ye ken fit Ah mean.
She says ah am i'een.

Jelly beans ir no ma taste.
Jelly beans ir no ma taste.
Jelly beans ir no ma taste.
Jelly beans ir no ma taste.
Jelly beans ir no ma taste.

JIGGIN QUINE
(by Baba)

Ye kin dance, ye kin jig, haein the time o' yer life,
Spy that lass, check her oot, diggin i'jiggin quine.

Friday nicht an i'lichts ir oot.
Lookin fur a dance nae doot.
Far they play i'richt tyowns, git intae i'swing.
Ye come in aboot sikkin a king.
Onybody could be that loon,
Whithir fae country or i'toon.
Wi' gweed fiddle music a'wye aroon,
Ye fell feel like a dance, an' if yer gien i'chance,

Ye ir i'jiggin quine, jist seventeen an affa fine.
Jiggin quine, feel i'beat fae this tyown o' mine.
Ye kin dance, ye kin jig, haein the time o' yer life,
Spy that lass, check her oot, diggin i'jiggin quine.

Ye fair shak aboot wi' a bittie booze.
Aa i'loons gape wi' open mou's.
Ye kin jig til hame come i'coos.
Ye fell feel like a dance, an' if yer gien i'chance,

Ye ir i'jiggin quine, jist seventeen an affa fine.
Jiggin quine, feel i'beat fae this tyown o' mine.
Ye kin dance, ye kin jig, haein the time o' yer life,
Spy that lass, check her oot, diggin i'jiggin quine.

(JIST LIKE) STERTIN OWER
(by Jock Lemon)

Oor life i'githir is infectious i'githir.
We aye moan, we aye moan.
Although i'Broch is still special,
Let's tak a chance an flee awa tae Foggieloan.

It's a fair while since we wint awa,
We're aye at hame.
Ah ken 'at time flees by us,
Bit fan Ah spy ye quinie,
Ah think o' i'gweed times in Rhynie,
It'll be jist like stertin ower - stertin ower.

Iviry day we used tae mak wir bed,
Fit wie div we nae bide there instead fir longer?
Bit, it's high time we wint tae Clatt.
Ah ken ye dinna fancy 'at i'noo,
Bit, It'll be like stertin ower - stertin ower.

Let's tak a trippie tae Cove bay.
We kin be back hame fur oor tay,
Or ging igthir ower tae Braemar
We kin tak i'bus or ging by car.
Weel, weel, quinie,

It's a fair while since we wint awa,
We're aye at hame.
Ah ken 'at time flees by us,
Bit come awa wi yer loon,
We kin ging ower tae i'blue toon.
It'll be jist like stertin ower - stertin ower.

Oor life i'githir is infectious i'githir,
It's aa 'at, it's aa 'at.
Although Macduff is still special,
Let's tak a chance an flee awa tae Auchnagatt.

KERRY ON
(i'Dollies)

Dae, dae, dae, dae, dae. Fit ye dee'in?
Dae, dae, dae, dae, dae. Fit ye dee'in?

Hey, kerry on. Hey, kerry on.

Fan we wiz at skweel, oor games wir simple.
Ah played i'janny min, ye played a monitor.
'En ye wint awa wi' auler loons an prefects,
Fit's i' attraction in fit they're dee'in?

Hey, kerry on, fit's yer game noo? Kin onybiddy play?
Hey, kerry on, fit's yer game noo? Kin onybiddy play?

Ye wir aye somethin special tae me,
Really independent, nivir carin.
Ye lost yer charm fan ye got auler.
Far's yer magic disappearin?

Hey, kerry on, fit's yer game noo? Kin onybiddy play?
Hey, kerry on, fit's yer game noo? Kin onybiddy play?

Yer jist, jist like a wifie tae me (like a wifie tae me).
Jist, jist like a wifie tae me (like a wifie tae me).

Hey, kerry on, fit's yer game noo? Kin onybiddy play?
Hey, kerry on, fit's yer game noo? Kin onybiddy play?

Fowk live an learn, an yer aye learnin.
Ye yaise ma mind an I'll be yer teachir.
Fan i' lesson's ower ye kin bide wi' me.
'En Ah kin hear i'ithir fowk sayin.

Hey, kerry on, fit's yer game noo? Kin onybiddy play?
Hey, kerry on, fit's yer game noo? Kin onybiddy play?

Kerry on, kerry on, kerry on.

LAY LOW
(by Bouncy)

D'ye mind yon waa's Ah built? Weel loon, they're tummlin doon.
An they didna even pit up a fecht, they didna even mak a soun.

Ah've fun a wie tae let ye in, bit nivir really hid a doot.
Ah ken that ye wint tae lay low, bit fit's it aa aboot?

It's like Ah've bin wakint up. Iviry rule Ah hid ye broke
It's a gey risk Ah am takin. Ah dinna wint it up in smoke.

Awie 'at Ah'm lookin noo, aa Ah see is yer smilin face.
Och, Ah ken ye wint tae lay low. That micht be yer savin grace.

Yer athin that Ah need an mair. Ye ken it's written in i'stars.
Och, Ah ken ye wint tae lay low. Bit please dinna ging tae Mars.

Och, ye wint tae lay low, lay low, lay low.
Och, ye hiv tae lay low, lay low, lay low.
Och, ye wint tae lay low, lay low, lay low.
Och, ye hiv tae lay low, lay low, lay low.

Hit me like a ray o' sun, burnin throu a gey dark nicht.
Yer i'only een fit Ah wint, an Ah'm shair ye ken 'at aricht.

Ah said Ah'd nivir faa again, Bit here Ah am jist tumblin doon.
Ye kin forget gravity, Ah feel Ah'm spinnin roon an roon.

It's like Ah've bin wakint up. Iviry rule Ah hid ye broke
It's a gey risk Ah am takin. Ah dinna wint it up in smoke.

Awie 'at Ah'm lookin noo, aa Ah see is yer smilin face.
Och, Ah ken ye wint tae lay low. That micht be yer savin grace.

Yer athin that Ah need an mair. Ye ken it's written in i'stars.
Och, Ah ken ye wint tae lay low. Bit please dinna ging tae Mars.

Och, ye wint tae lay low, lay low, lay low.
Och, ye hiv tae lay low, lay low, lay low.
Och, ye wint tae lay low, lay low, lay low.
Och, ye hiv tae lay low, lay low, lay low.

Och, ye wint tae lay low, lay low, lay low.
Och, ye hiv tae lay low, lay low, lay low.
Och, ye wint tae lay low, lay low, lay low.
Och, ye hiv tae lay low, lay low, lay low.
Lay low, lay low.

Awie 'at Ah'm lookin noo, aa Ah see is yer smilin face.
Och, Ah ken ye wint tae lay low. That micht be yer savin grace.

Yer athin that Ah need an mair. Ye ken it's written in i'stars.
Och, Ah ken ye wint tae lay low. Bit please dinna ging tae Mars.

Och, ye wint tae lay low, lay low, lay low.
Och, ye hiv tae lay low, lay low, lay low.
Och, ye wint tae lay low, lay low, lay low.
Och, ye hiv tae lay low, lay low, lay low.

Och, ye wint tae lay low, lay low, lay low.
Och, ye hiv tae lay low, lay low, lay low.
Och, ye wint tae lay low, lay low, lay low.
Och, ye hiv tae lay low, lay low, lay low.

LAZY SOME DAY
(by i'Wee Coupons)

Wid it no be rare tae get on wi' i'neebours?
Bit they mak it affa clear they got nae room fur ravers.
They stop aa ma groovin, an bang on i'waa (Hey min),
They're daein ma heid in, it's nae yees at aa.

Lazy some day efterneen. Ah've got nae care or worry.
Close ma een an drift awa.

Here we ir aa squattin, gettin bleezin.
Fit Like Mrs McPhee, foo's aul Tam's sneezin?
(It's achoo iv noo).
A-tweedle dee dee,
Ah'll sing ye a sang wi' nae words at aa.
A-tweedle dee dum,
Tae sing fan yer bangin yer heid aff i'waa.

Lazy some day efterneen. Ah've got nae care or worry.
Close ma een an drift awa.

A-root tee toot i'noo, a-root tee toot my wie.
A-root tee toot tee tum, a-root tee toot get high.

There's naebiddy tae hear me. Nae lugs tunin in.
An naebiddy kin stop me fae makin a din.

Lazy some day efterneen. Ah've got nae care or worry.
Close ma een an drift awa.

Lazy some day efterneen. Ah've got nae care or worry.
Close ma een an drift awa.
Close ma een an drift-a.
Close ma een an drift awa.

LENNY PAYNE
(by i'Bottles)

Lenny Payne is a barber near i'Castlegate.
His wee shoppie is a rare place tae ging.
An aa i'fowk in car or bike stop an say fit like.

On i'corner is a mannie wi' a wee moothie,
Aa i'geets lach at him ahent his back.
An i'mannie nivir wears a mac in i'poorin rain, affa strange.

Lenny Payne hiz got lugs an hiz got een.
Tartan sark an polished sheen. He could be in coort i'day.

Doon i'roadie is a firemannie we aa ken,
An in his pooch is a pictir o' the queen.
He likes tae keep his fire engine clean it's a braw machine.

Lenny Payne hiz got lugs an hiz got een.
He's aricht, ken fit I mean? He could be in coort i'day.

Ahent i'shelter in i'middle o' a roonaboot,
A daft wifie is fair gan aff her heid.
An though she kens that naebiddy taks heed, she tries tae succeed.

Lenny Payne, i'barber shaves anither customer.
We spy i'moothie mannie waiting fir a trim.
An 'en i'firemannie rushes in fae i'poorin rain, affa strange.

Lenny Payne hiz got lugs an hiz got een.
He's i'toast o' Aiberdeen. He could be in coort i'day.

Lenny Payne hiz got lugs an hiz got een.
He's i'toast o' Aiberdeen.
Lenny Payne.

LINDY-LOU
(by Rat Des)

Far on earth ir yez fae?
We're fae doon sooth.
Far div ye come fae?
Div ye pit i'kettle on?
Kick aff!

Na-na-na. Na-na-na.
Na-na-na. Na-na-na-nana.
Na-na-na (fit like). Na-na-na (on yer bike).
Na-na-na. Na-na-na-nana.
Na-na-na. Na-na-na.
Na-na-na. Na-na-na-nana.

We're fae i'sooth.
We'll score mair goals, 'at's true.
I'sooth!
Kin Ah introduce ye please,
Tae a bittie crowdie cheese?
Knit een, purl een, drap een, curl een.
Kick aff!

Na-na-na. Na-na-na.
Na-na-na. Na-na-na-nana.
Na-na-na. Na-na-na.
Na-na-na. Na-na-na-nana.
Na-na-na. Na-na-na.
Na-na-na. Na-na-na-nana.

We're fae i'sooth.
We'll score mair goals, 'at's true.
I'sooth!
Me an mithir an faither an gran,
We're aff tae i'public loo.
Me an mithir an faither an gran,
An we're takin oor Lindy-Lou.

Tak it!

Lindy-Lou, Lindy-Lou.
Lindy-Lou, Lindy-Lou, nah, nah.
Lindy-Lou, Lindy-Lou.
Lindy-Lou, Lindy-Lou, nah, nah.
Lindy-Lou, Lindy-Lou.

An we aa love Lindy-Lou.
We're fae i'sooth.
We'll score mair goals, 'at's true.
I'sooth!

Na-na-na (Lindy-Lou). Na-na-na (Lindy-Lou).
Na-na-na (Lindy-Lou). Na-na-na. Na-na-na-nana.
Na-na-na (Lindy-Lou). Na-na-na (Lindy-Lou).
Na-na-na (Lindy-Lou). Na-na-na. Na-na-na-nana.
Na-na-na (Lindy-Lou).
An we aa like Lindy-Lou.
We're i'sooth.
We're gan tae score een mair than yez.

Na-na-na (Lindy-Lou). Na-na-na (Lindy-Lou).
Na-na-na (Lindy-Lou). Na-na-na. Na-na-na-nana.
Na-na-na (Lindy-Lou). Na-na-na (Lindy-Lou).
Na-na-na (Lindy-Lou). Na-na-na. Na-na-na-nana.
Na-na-na (Lindy-Lou).
An we aa like Lindy-Lou.
We're i'sooth.
We'll score mair goals, 'at's true.
I'sooth!

LOSS YERSEL
(by Eminex)

See, If ye'd een shot, or a wee chunce,
Tae grab onythin ye winted in een moment,
Wid ye dae it, or jist let it slip?

Ach, his hans ir sweatin, knees weak, erms fair wabbit.
Sick on his ganzie, ettin spag bols, feelin crabbit.
He's a bunnil o' nerves bit looks calm an collected,
Tae ging tae work, an disna look affected.
He wints tae spik, abiddy aroon maks nae soun,
He opens his mou, bit nae words cam oot.
He's chokin blue, abiddy's jokin noo.
I'clock rins oot - time up, nae doot.
He's back intae reality, held doon by gravity.
Ach, 'ere gings Futrat, he chokit.
He's fair gan mad wi' aa i'fags he's smokit.
He winna gie up, bit he's gotten his back tae i'ropes.
It disna metter, he kens 'at an he's near broke.
He's gan naewie, fa cares? He'll jist ging back tae his wee hoose,
An 'at's fan it's time tae set a puckle o' traps an catch 'at moose.
Look tae capture i'moment an hope it disna pass ye by.

Ye'll hae tae loss yersel in i'music, i'moment.
It's aa yours, best no tae let it ging awa.
Ye only get een shot, see 'at ye dinna miss yer chunce an blow,
This opportunity, fur it's jist eence in a blue meen.

Ye'll hae tae loss yersel in i'music, i'moment.
It's aa yours, best no tae let it ging awa.
Ye only get een shot, see 'at ye dinna miss yer chunce an blow,
This opportunity, fur it's jist eence in a blue meen.
Ye've bin telt.

His sowel is escapin throu i'holie 'at is gapin.
I'world is mine fur i'takin.
Me a king, as we move on intae a new world order.

Normal life is borin, so dull that ye canna help fae snorin.
Things only get harder, rougher and tougher.
He blaws baith het an caul, he hopes he disna get aul.
He gings coast tae coast, they caa him i'beach boy.
Lonely roads wi' heavy loads, he's gan further fae hame,
It's nae game.
He gings hame an barely kens his ain geets.
An fan he sees 'em he braks doon an greets.
Diz naebiddy wint him onymair? He's past it.
They move on tae i'nixt een. Will he mak it? Will he last it?
So, i'tale is told an unfolds. Ah suppose it's aa aul hat,
Fancy 'at. Bit i'beat gings on.
Da, da, dum. Da dum, da, da.

Ye'll hae tae loss yersel in i'music, i'moment.
It's aa yours, best no tae let it ging awa.
Ye only get een shot, see 'at ye dinna miss yer chunce an blow,
This opportunity, fur it's jist eence in a blue meen.

Ye'll hae tae loss yersel in i'music, i'moment.
It's aa yours, best no tae let it ging awa.
Ye only get een shot, see 'at ye dinna miss yer chunce an blow,
This opportunity, fur it's jist eence in a blue meen.
Ye better.

Nae mair games, jist change, dinna get raged.
Ye wint tae tear aff i'reef jist like twa dugs caged.
Ah wiz fine at i'stert till Ah began tae age.
Ah wiz chewed up, spat oot, an booed aff i'stage.
Bit ah kept ma rhymin an fund i'nixt cypher.
Noo somebiddy'll hae tae pey i'pied piper.
Ah 'is pain inside amplified by i'fact,
'At Ah canna get by wi' a nine tae five,
An canna gie ma wife, i'richt type o' life,
Woah min, ma femily. Ah've got tae try an feed aa o' 'em.
It's nae like i'pictirs, it's real, dae ye ken?
It's ma life an ye ken times ir gey hard.
An it's gettin harder tryin tae feed an watter ma seed.
An, Ah dae 'is an Ah dae 'at, it disna chynge i'fact.

Ah'm a faither aricht.
Ah dinna need i'mama drama wi' screamin geets.
Ah try tae provide an no bide inside, got tae get yokit fur i'treats.
Bit Ah'm noo at i'pynt, tak stock o' fit ah've got.
Ah'll need a successful plot, or wind up bein shot.
Success seems tae be i'only option, failure's no fur me.
Hey, Ah love ye, bit things hiv got tae chynge.
Brak oot, dae it, let's aa be set free.
So, here Ah ging, it's ma shot. Please fail me not,
'Is may be i'only opportunity 'at Ah've got.

Ye'll hae tae loss yersel in i'music, i'moment.
It's aa yours, best no tae let it ging awa.
Ye only get een shot, see 'at ye dinna miss yer chunce an blow,
This opportunity, fur it's jist eence in a blue meen.

Ye'll hae tae loss yersel in i'music, i'moment.
It's aa yours, best no tae let it ging awa.
Ye only get een shot, see 'at ye dinna miss yer chunce an blow,
This opportunity, fur it's jist eence in a blue meen.
Ye hae tae.

Ye kin dae onythin ye set yer mind tae, loon.

LOUPIN JOCK FLASH
(by i'Rowlin Steens)

Watch oot!

Ah wiz born on a nesty stormy nicht.
Ah wiz sae ugly ma mithir got a fricht.
Bit it's aricht noo, Ah've jist hid a wash.
Bit it's aricht, Loupin Jock Flash, fit a fash, fash fash.

Ah wiz brocht up by a toothless, bearded quine.
Wint tae skweel aa day an 'at wiz fine
Bit it's aricht noo, Ah'm earnin some cash.
Bit it's aricht, Loupin Jock Flash, fit a fash, fash fash.

Ah wiz droont, washit up an left fur deid.
Ah wiz gein crumbs fae a loafie o' breed.
An wiz crooned wi' a spike richt throu' ma heid.
Somewie on a beach near Peterheid.
Bit it's aricht noo, bit Ah've got tae dash.
Bit it's aricht, Loupin Jock Flash, fit a fash, fash fash.
Loupin Jock Flash, fit a fash.
Loupin Jock Flash, fit a fash.
Loupin Jock Flash, fit a fash.

MA FAITHER'S A BINMAN
(by Donny Lonegan)

Noo, here's a wee story, tae tell it is a must.
Aboot an unsung hero fit sweeps awa yer dust.
Some fowk kin earn a fortune, ithirs mak a mint,
Ma faither disna get much, in fact, he's flippin skint.

Och, ma faither's a dustman, he's got a scaffie's cap.
He wears richt ticht breeks an bides in a cooncil flat.
He looks affa gypit in his great big muckle beets.
An he maks sic a racket gan ower i'cassied streets.

Some fowk gie tips at Christmas, bit ithers they forget.
So fan he picks up their bin, he cowps it ower i'step.
Noo, een aul man got angirt, an scrieved tae his boss.
I' reply fit he got wiz - they cudna gie a toss.

Och, ma faither's a dustman, he's got a scaffie's cap.
He wears richt ticht breeks an bides in a cooncil flat.

Hey min, hey min, hey min.
Fit ist?
Eence Ah fun a polis dug in a dustbin.
Foo did ye ken it wiz a polis dug?
'Ere wiz a bobby wi' it.

Though ma faither's a binman, he's still fu' o' tricks.
He hiz jist gotten engaged, though he's nearly aichty six.
Ah said 'Hey, hang on min. Yer gettin past yer prime'.
He said 'Weel, at my age, it helps tae pass i' time'.

Och, ma faither's a dustman, he's got a scaffie's cap.
He wears richt ticht breeks an bides in a cooncil flat.

Hey min, hey min, hey min.
Aye. Fit ist?
Ma dustbin's gey fu' o' lillies.

Weel, jist fling 'em awa.
Ah canna. Lily's aye wearin 'em.

Noo, een day file in a hurry, he missed a wifie's bin.
he hadna gan affa far fan she shoutit oot tae him.
'Fit dae ye think ye playin at?' she askit fae her hert.
'Ye've missed me, am Ah ower late?' 'Na. Loup up on i'kert'.

Och, ma faither's a dustman, he's got a scaffie's cap.
He wears richt ticht breeks an bides in a cooncil flat.

Hey min, hey min, hey min.
Fit ist noo?
Ma dustbin's reemin fu' o' toadstools.
An foo div ye ken 'at it's fu'?
Cause 'ere's nae mushroom inside.

He fun a tiger's heid een day, nailt tae a bittie o' wid.
I' tiger didna look happy, bit he probably nivir did.
Richt 'en fae oot a windae, a voice wiz heard tae wail.
It said, 'hey min, far's ma tiger's heid?'
'Fower feet fae it's tail!'

Och, ma faither's a dustman, he's got a scaffie's cap.
He wears richt ticht breeks an bides in a cooncil flat.

So, nixt time ye spy a binman, lookin peely wally an sad.
Dinna fling him in i'dustbin, it micht be ma puir aul dad!

MA HERT WILL GING ON
(by Sellin i'Don)

Iviry nicht in ma dreams, Ah see ye, ye feel ye.
That is foo Ah ken ye ging on.

Far awa in i'distance, an i'spaces atween us,
Ye've come tae show ye ging on.

Far, near, fanivir yer no here,
Ah believe 'at i'hert diz ging on.
Eence mair Ah faa doon on i'flair.
An yer 'ere in ma hert.
An it will ging on an on.

Love kin touch us een mair time, an lest a lifetime.
An nivir let go till wir gone.

Love wiz fan Ah loved ye, Ah dinna ken fit tae say,
But in ma life, we'll aye ging on.

Far, near, fanivir yer no here,
Ah believe 'at i'hert diz ging on.
(Fit wie diz i'hert ging on?).
Eence mair Ah faa doon on i'flair.
An yer 'ere in ma hert.
An it will ging on an on.

Yer here, there's nithin Ah fear,
An Ah ken 'at ma hert will ging on.
We'll bide, deep doon inside,
Yer safe in ma hert,
An ma hert will ging on an on.

MA QUINE ICICLE
(by Affa Behaviour)

Ma quine icicle, ye mak me ride ma bicycle.
Ye ir sae sweet an sickly, ye got me in a pickley.
Ach, ach, ma quine icicle, dinna ivir leave me,
Fur 'at wid fair grieve me. Ma hert telt me 'at.

Ah love ye, Ah love ye, Ah love ye so,
An Ah dinna wint ye tae ging.
Ah need ye, Ah need ye, Ah need ye so,
Ye mak me happy tae sing.

Ma quine icicle, ye mak me ride ma bicycle.
Yer ma hert's desire, Yer as het as a fire.
Aye, ma quine icicle.

Ah love ye, Ah love ye, Ah love ye so,
An Ah dinna wint ye tae ging.
Ah need ye, Ah need ye, Ah need ye so,
Ye mak me happy tae sing.

Ma quine icicle, ye mak me ride ma bicycle.
Yer sic a bonnie lassie, an sing like Shirley Bassy.
Aye, ma quine icicle.

Ah love ye, Ah love ye, Ah love ye so,
An Ah dinna wint ye tae ging.
Ah need ye, Ah need ye, Ah need ye so,
Ye mak me happy tae sing.

Ma quine icicle, ye mak me ride ma bicycle.
Yer ma hert's desire, Yer as het as a fire.
Aye, ma quine icicle. Ma quine icicle.
Ma quine icicle. Ma quine icicle.
Ma quine icicle. Och, ma quine icicle.

MA WIFE LIKES CANNELLONI
(by 40DD)

Ah'm jiggin on i'Hazelheid gress.
Sippin tay by i'bay at Girdleness.
Hangin roon i'gairdins at Duthie Park.
Soapy Soutar's got a jeely neb,
He's deen mair fechtin than Fat Bob (crivvens, aw jings).
He shouldna hae kicket ower Oor Wullie's bucket,
An 'at's i'wie Wee Eck got muckit.

Ma wife likes cannelloni, alang wi' Strathdon blue cheese.
Ma wife hates macaroni, served wi' chips an peas.

She's leanin toward haen a pizza,
Fair gingin roon an roon in circles,
Til she's square in i'gairdens o' Madison.
An i'seat o' learnin keeps ye flushed wi' success,
'Ere's nithin tae be seek aboot.
Ah'm yer egg on Ronnie in a greasy speen.
It's no affa hard tae ken fit Ah mean.

Ma wife likes cannelloni, alang wi' Strathdon blue cheese.
Ma wife hates macaroni, served wi' chips an peas.
Love i'fire at a barbecue noo, wi' i'burgers weel deen.
Let's get awa an dae some cookin. Get yer fork an speen.

Ma wife likes cannelloni, alang wi' Strathdon blue cheese.
Ma wife hates macaroni, served wi' chips an peas.

MANGO No.5
(by Boo Vegas)

Mannies an wifies, 'is is mango nummer five.

Een, twa, three fower, five.
Abiddy get on i'bus, so come on let's go.
Tae i'aff licence doon i'road.
I'loons ir sikkin voddie an coke,
Bit, ah dinna really wint tae,
Gettin fu' isna a joke.
Nae sayin a peep, fur talk is cheap.

Ah like Margaret, Peggy, an Aggie.
Although they aa lach at ma breeks bein ower baggy.
So, fit kin Ah dee? Ah jist canna see, ma wie.
Tae me, flirtin is a game, so Ah'm no tae blame.
It's aa gweed, Ah widna dump it, Ah jist like ma crumpet.

A wee bittie Marianne in ma life.
A wee bittie Marjorie by ma side.
A wee bittie Nellie, bit nae a wife.
A wee bittie Aggie is fit ah see.
A wee bittie Peggy in i'sun.
A wee bittie Bunty aa nicht lang.
A wee bittie Shona fur some fun.
A wee bittie o' ye maks me yer loon.

Mango nummer five.

Loup up an doon an shak it aa aboot.
Shak awa like a big galoot.
Wear yer semmit inside oot.
Tak een step left, an een step richt.
Een tae i'front, an een tae i'side.
Stamp yer fit eence, clap yer hans twice.
An then ye've got tae keep it up aa nicht.

A wee bittie Marianne in ma life.
A wee bittie Marjorie by ma side.
A wee bittie Nellie, bit nae a wife.
A wee bittie Aggie is fit ah see.
A wee bittie Peggy in i'sun.
A wee bittie Bunty aa nicht lang.
A wee bittie Shona fur some fun.
A wee bittie o' ye maks me yer loon.

Blaw yer ain trumpet.
Mango nummer five.

A wee bittie Marianne in ma life.
A wee bittie Marjorie by ma side.
A wee bittie Nellie, bit nae a wife.
A wee bittie Aggie is fit ah see.
A wee bittie Peggy in i'sun.
A wee bittie Bunty aa nicht lang.
A wee bittie Shona fur some fun.
A wee bittie o' ye maks me yer loon.

Ah jist wint tae faa in love wi' a bonnie quine.
Then we kin jig an we kin jive.
An then we baith kin touch i'sky.

Mango nummer five.

MASTRICK MOMENTS
(by Parry Combo)

Mastrick moments, fan spray pentin pailins.
Mastrick moments, bendin i'skweel railins.

Ah'll nivir forget i' gweed times we hid kickin oor fitbas.
Fan we wid aa ging doon i'street graffiti'n i'waas.

Mastrick moments, fan spray pentin pailins.
Mastrick moments, bendin i'skweel railins.
We thocht these days wid ayewiz last,
Bit, oor yungir days ir lang syne past.

Chappin on doors, scrievin on waas, windaes 'at got smashed.
Rippin up fleers, tearin doon trees, athin 'at got trashed.

Mastrick moments, fan spray pentin pailins.
Mastrick moments, bendin i'skweel railins.
We thocht these days wid ayewiz last,
Bit, oor yungir days ir lang syne past.

(We wir ca'ed neds, we wir ca'ed thugs, an even ca'ed vandals).
Aye up tae somethin, lookin tae get intae mair scandals.
(We were jist yobs, gan roon in a mob an then stertin fires).
Jumpin on cars, scratchin i'pent an lettin doon tyres.

Mastrick moments filled wi' fun.

MICHTY
(by Puffy)

Aye,aye,aye.
Aye,aye,aye.
Aye,aye,aye.
Aye,aye,aye.

Ah love ye, bit ah've got tae bide true.
Ma morals hiv got me on ma knees,
Ah'm beggin please, stop playin games.

Ah dinna ken fit 'is is, bit it feels sae braw.
It disna baather me at aa.

Ah dinna ken fit ye dae, bit ye dae it weel.
An it's jist nae real.

Ye've got me beggin ye, aye michty.
Foo will ye no release me?
Ye've got me beggin ye, aye michty.
Foo will ye no release me?
Ach, jist release me.

Noo, ye think 'at Ah'll be yer bit on i'side.
Bit, Ah wid turn 'at doon, fur ah need a loon,
Fa kin tak ma han, aye Ah dae.

Ah dinna ken fit 'is is, bit it feels sae braw.
It disna baather me at aa.

Ah dinna ken fit ye dae, bit ye dae it weel.
An it's jist nae real.

Ye've got me beggin ye, aye michty.
Foo will ye no release me?
Ye've got me beggin ye, aye michty.
Foo will ye no release me?

Ach, jist release me. Aye, aye, aye.

Ah'm beggin ye, aye michty.
Foo will ye no release me?
Ah'm beggin ye, aye michty.

Ye've got me beggin.
Ye've got me beggin.
Ye've got me beggin.

Michty, foo no jist release me?
Ah'm beggin ye, aye michty.
Foo will ye no release me?

Ye've got me beggin ye, aye michty.
Ah'm beggin ye, aye michty.
Ah'm beggin ye, aye michty.
Ah'm beggin ye, aye michty.
Ah'm beggin ye, aye michty.

Foo will ye no release me? Aye, aye, aye.
Brak it doon.

MICHT BE I'MORN
(i'Monophobics)

Ah've bin doon an Ah'm wunnerin fit wie,
These wee bleck cloods ir aa ower i'sky,
Fur me, fur me.

It's sic a waste o' time, jist hae yer fly.
Tak a walk ootside an think o' fit tae buy.
It's no free, nithin's free.

It micht be i'morn, Ah'll fun ma wie hame.
It micht be i'morn, Ah'll fun ma wie hame.

Ah've got tae say Ah've hid a rare time.
Ah've aye said gweed nivir deen nae crime.
Bin on i' inside o' oot.
Bit Ah breathe, we breathe.

Ah wint tae feel i'win in ma hair,
Swim in i'sea wi'oot a care.
Een Christmas Eve, jist believe.

It micht be i'morn, Ah'll fun ma wie hame.
It micht be i'morn, Ah'll fun ma wie hame.

It micht be i'morn, Ah'll fun ma wie hame.
It micht be i'morn, Ah'll fun ma wie hame.

It micht be i'morn, Ah'll fun ma wie hame.
It micht be i'morn, Ah'll fun ma wie hame.

MIN, AH FEEL LIKE A WIFIE
(by Samia Twin)

Let's ging quines! Come awa!

Ah'm gan oot i'nicht. Ah'm feelin a'richt.
Gan tae jist hing aboot. Wint tae mak a soun.
Ye'll hear it in i'toon. Ah wint tae shout an scream.
Nae inhibitions, mak nae conditions.
Step richt oot o' line. Act like a richt feel gype wid.
Jist wint tae hae a gweed time.
I'best thing aboot bein a quinie.
Is tae mak sure ye hae some fun.

Ach, och, och, ging richt gypit.
Forget yer a wifie.
Mannie's sarks, Plood parks.
Och, och, ach loss yer heid.
Aye, dee it wi' style.
Och, och, och git intae i'action.
Feel yer attraction.
Colour ma hair, dee fit ye dare.
Och, och, och, set yersel free
Aye, tae feel i'wie Ah feel.
Min! Ah feel like a wifie!

I'quines ir here. We've aa got nae fear.
Tae tak i'chance o' gan intae toon.
We dinna need romance, we jist wint tae dance,
Wir aa gan tae let oor hair doon.
I'best thing aboot bein a quinie.
Is tae mak sure ye hae some fun.

Ach, och, och, ging richt gypit.
Forget yer a wifie.
Quine's dresses, teem glesses.
Och, och, ach loss yer heid.
Aye, dee it wi' style.

Och, och, och git intae i'action.
Feel yer attraction.
Colour ma hair, dee fit ye dare.
Och, och, och, set yersel free.
Aye, tae feel i'wie Ah feel.
Min! Ah feel like a wifie!

Ach, ach, aye, aye.
Ah ging real gypit. Kin ye credit it?
C'wa, c'wa, c'wa quinie.
Ah feel like a wifie.

MONSTERS
(by Dimwit Kenerty)

We used tae be monsters, fan did we stop?
Jist spik i'word an Ah'll be wi' ye. Ye ken Ah nivir forgot.

There wiz an affa pain that bade inside o' me.
Bit, 'ere's gweed alang wi' bad, an 'at's fit Ah didna see.
Ah seen kent fit it wiz worth, fan we haikit in i'breeze.
Pity 'at ye caught i'caul, it fair mad ye cough an sneeze.

We used tae be monsters, fan did we stop?
Jist spik i'word an Ah'll be wi' ye. Ye ken Ah nivir forgot.
We wiz aa telt tae keep quait, bit i'time catched us up.
Jist spik i'word an Ah'll be yers. Ye ken Ah nivir forgot.

These een used tae ken me, bit it's been ower lang.
Yer jist ma meen an stars, an fit Ah gaze upon.
Time ticks awa, Ah dinna ken fit Ah'm waitin on,
Fit am Ah waitin on?

We used tae be monsters, fan did we stop?
Jist spik i'word an Ah'll be wi' ye. Ye ken Ah nivir forgot.
We wiz aa telt tae keep quait, bit i'time catched us up.
Jist spik i'word an Ah'll be yers. Ye ken Ah nivir forgot.

Quinnie, jist say ye wid. Wid ye mind on oor gweed times?
Ah'm aa aleen i'nicht.
Bit, if ye said ye wid, Ah'd be richt roond tae ye.
Div ye mind on oor gweed times?

We used tae be monsters, fan did we stop?
Jist spik i'word an Ah'll be wi' ye. Ye ken Ah nivir forgot.
We wiz aa telt tae keep quait, bit i'time catched us up.
Jist spik i'word an Ah'll be yers. Ye ken Ah nivir forgot.

We used tae be monsters. Monsters.
Och, bit Ah still love ye quine.
Ah still love ye quine.

MOVE OWER MOZART
(by Buck Cherry)

Weel, Ah'm gan tae screive a wee notie, send it tae ma local DJ.
'Ere's a bosker o' a record Ah wint 'at mannie tae play.
Move ower Mozart, we're rockin in Cambus O'May.

Ye ken ma temperature's risin, an Ah'm near tae blawin a fuse.
Ma hert keeps poundin, an aa i'time Ah'm singin i'blues.
Move ower Mozart, an tell Stravinsky i'news.

Ah got a rockin pneumonia, Ah'm jiggin aboot like a feel.
Ye kin switch aff Brahms, Beethoven an Bach as weel.
Move ower Mozart, we're rockin in Kincardine O'Neil.

Weel if yer feel an like it, weel get yer quine an reel an rock it.
Get doon on i'dunce fleer, jist a touchie mair an reel an rock it
Aye, gan yersel. Move ower Mozart, an tell Stravinsky i'news.

Little Boy Blue's faan asleep. Little Bo Peep lost her sheep.
Fit wid Humpty Dumpty say?
Hey diddle diddle i'cat an i'fiddle, Miss Moffat's curds an whey.
Move ower Mozart, gie's rock an roll ony day.

Ah crawl aboot like a slater, or even a forkietail.
Ah'm birlin an a skirlin, woopin wi' a gey loud wail.
Rock an roll's i'winner, far Verdi an Vivaldi will fail.
Move ower Mozart, move ower Mozart, move ower Mozart,
Move ower Mozart, move ower Mozart, dig yer tatties an neeps!

MOVIN ON DOON
(by N Fowk)

Ye've deen me wrang, yer time is up.
Ye took a howp fae i'deil's cup.
Ye broke ma hert, there's nae wie back.
Jist pack yer aa o' yer bags an hit i'road, Jack.

Just fit div ye think ye've deen?
Stop actin like a rowdy teen.
Just fit div ye think ye've deen?
Tak a tellin fae me, yer i'worst 'at Ah've seen.

Cause Ah'm movin on doon, movin intae toon.
Movin on doon, nithin kin stop me.
Ah'm movin on doon, movin intae toon.
Time tae brak free, nithin kin stop me, aye.
Ah'm seek o' peerin at yer face.
So Ah'm gan tae a different place.
'Ere's nithin ye kin dae fur me.
Ah've jist hid enuch o' ye, loon. Kin ye no see?

Just fit div ye think ye've deen?
Stop actin like a rowdy teen.
Just fit div ye think ye've deen?
Tak a tellin fae me, yer i'worst 'at Ah've seen.

Cause Ah'm movin on doon, movin intae toon.
Movin on doon, nithin kin stop me.
Ah'm movin on doon, movin intae toon.
Time tae brak free, nithin kin stop me, aye.

Movin on doon, movin on doon, movin on doon.
Movin on doon, movin on doon, movin on doon.
Movin on doon, movin on doon, movin on doon.
Movin on doon, movin on doon, movin on doon.
Movin on doon, movin intae toon.
Movin on doon, nithin kin stop me.

Movin on doon, movin intae toon.
Time tae brak free, nithin kin stop me, aye.
Movin, movin, movin, nithin kin stop me.
Movin, movin, time tae brak free, nithin kin stop me.

MULLIGAN'S TIRED
(by Pug McCarthy an Feathers)

Mulligan's tired, he admits rollin in fae i'Dee.
He wiz hired tae dae a wee jobbie fur me,
Och Mulligan's tired.

I've travelt doon Deeside an muckle Ah've spied.
Eggs that wir scrambled an eens 'at wir fried.
Safties wi' bacon that hid been well fired,
Bit we hid tae come hame because Mulligan tired.

Mulligan's tired, he admits rollin in fae i'Dee.
He wiz hired tae dae a wee jobbie fur me,
Och Mulligan's tired.

He wint wi' Heather doon tae i'glen,
Spent a few nichts in a wee but an ben.
A pair 'o aul cycles they baith wint an hired,
Bit hid tae gie up fan Mulligan tired.

Mulligan's tired, he admits rollin in fae i'Dee.
He wiz hired tae dae a wee jobbie fur me,
Och Mulligan's tired.

He loved i'sunshine an he hated i'rain,
An i'thocht o' sna near drove him insane.
He wintit i'hale o' his hoosie re-wired,
But gied up half wie because Mulligan tired.

Mulligan's tired, he admits rollin in fae i'Dee.
He wiz hired tae dae a wee jobbie fur me,
Och Mulligan's tired.

MURMER ON I'JIGGIN FLAIR
(by Soppy Wallace Baxter)

'Ere's a murmer on i'jiigin flair.
Yer tryin tae twist an groove.
DJ, gan tae burn 'is rickity hoose richt doon.

Ah ken, Ah ken, Ah ken, Ah ken, Ah ken, Ah ken, Ah ken,
Aboot yer style.
An so, an so, an so, an so, an so, an so, an so,
Ye poke oot a mile.

If ye think ye'll get awa, Ah will prove ye wrang.
Jist watch oot, that is aa, an Ah'll sing ma sang.
Listen oot fan Ah say, Hey!

'Ere's a murmer on i'jiigin flair.
Yer tryin tae twist an groove.
'Ere's a murmer on i'jiigin flair.
Fit ir ye tryin tae prove?
DJ, gan tae burn 'is rickity hoose richt doon.

Ah ken, Ah ken, Ah ken, Ah ken, Ah ken, Ah ken, Ah ken,
Ah shaks ma heid.
An so, an so, an so, an so, an so, an so, an so,
Ye think yer gweed.

If ye think ye'll get awa, Ah will prove ye wrang.
Jist watch oot, that is aa, Yer no in ma gang.
Ye hiv bin led astray, Hey!

'Ere's a murmer on i'jiigin flair.
Yer tryin tae twist an groove. Hey, hey.
'Ere's a murmer on i'jiigin flair.
Fit ir ye tryin tae prove?
DJ, gan tae burn 'is rickity hoose richt doon.
'Ere's a murmer on i'jiigin flair.
Yer tryin tae twist an groove. Hey, hey.

'Ere's a murmer on i'jiigin flair.
Fit ir ye tryin tae prove?
DJ, gan tae burn 'is rickity hoose richt doon.

If ye think ye'll get awa, Ah will prove ye wrang.
Jist watch oot, that is aa, an Ah'll sing ma sang.
Listen oot fan Ah say, Hey!

'Ere's a murmer on i'jiigin flair.
Yer tryin tae twist an groove.
'Ere's a murmer on i'jiigin flair.
Fit ir ye tryin tae prove?
DJ, gan tae burn 'is rickity hoose richt doon.
'Ere's a murmer on i'jiigin flair.
Yer tryin tae twist an groove. Hey, hey.
'Ere's a murmer on i'jiigin flair.
Fit ir ye tryin tae prove?
DJ, gan tae burn 'is rickity hoose richt doon.

'Ere's a murmer on i'jiigin flair.
Yer tryin tae twist an groove. Hey, hey.
'Ere's a murmer on i'jiigin flair.
Fit ir ye tryin tae prove?
DJ, gan tae burn 'is rickity hoose richt doon.

NAE METTER FIT
(by Loonzone)

Nae metter fit they tell us, nae metter fit they dae.
Nae metter fit they teach us, div we believe fit they say?

Nae metter fit they caa us, fooivir they attack.
Nae metter far they tak us, we'll fun oor ain wie back.

Ah canna deny fit Ah believe. Though it hurts a bit.
Ah ken Ah'll love forivir, Ah ke nae metter fit.

If Ah cud lach an no greet. If only nicht wiz day.
If athing soor wiz sweet, an this is fit Ah say.

Nae metter fit they tell us, nae metter fit they dae.
Nae metter fit they teach us, div we believe fit they say?

An fa will keep ye safe an strong, an shelter ye fae i'storm?
If only aa i'snorin stopped, iviry nicht in i'dorm.
Nae metter fa they folla, nae metter far they lead,
Nae metter foo they see us, ye'll aye be the een Ah need.
Nae metter if there's nae sunshine, if there's a total ban.
Nae metter fit i'end is, yer far ma life began.

Ah canna deny fit Ah believe. Though it hurts a bit.
Ah ken, Ah ken Ah'll love forivir, 'at's aa fit metters noo.
Nae metter fit.

NAE WIFIE NAE GREET
(by Rob Harley)

Nae wifie, nae greet. Nae wifie, nae greet.
Nae wifie, nae greet. Nae wifie, nae greet.

Cause, cause, cause Ah mind fan we yaist tae sit.
In yer backie up in Tillydrone.
Watchin aa i'fowk passin it,
In i'days afore we hid a phone.
Good freens we hid, bit some we've lost alang i'wie.
Look tae i'future, bit dinna forget i'past, or time will slip on by.

Nae wifie, nae greet. Nae wifie, nae greet.
Here ma quine, dinna hae tears. Nae wifie, nae greet.

Sad, sad, sad. Ah mind fan we yaist tae sit.
In yer backie up in Tillydrone.
An Doddie wid set i'fire alicht. Aye.
An keep it burnin throu i'nicht.
Then we wid feast oorsels on porridge, aye.
O' which we aa wid share.
We've tae ging aheed wi' courage,
Nae live in i'past onymair. Bit, fan Ah'm awa,

Athin's gan tae be aricht. Athin's gan tae be aricht.
Athin's gan tae be aricht. Athin's gan tae be aricht.
Athin's gan tae be aricht. Athin's gan tae be aricht.
Athin's gan tae be aricht. Athin's gan tae be aricht.

Nae wifie, nae greet. Nae wifie, nae greet.
Ah say listen, jist listen ma quine. Nae wifie nae greet.

Nae wifie, nae wifie, nae wifie, nae greet.
Nae wifie, nae greet. Eence mair, an tell aa i'street.
Here ma quine, dinna hae tears. Nae wifie nae greet.

Nae wifie, nae wifie, nae greet.

NIGHTY NIGHT RED BABOONS
(by Nana)

Ah'm wi' ye staunin in i'zoo wunnerin fit tae dee,
Fur we hivna a clue.
Set animals loose come i'dawn. Een by een they'll aa be gone.
Bit, rether than tak aa i'blame, we decide jist tae ging back hame.
An then we spy a primate cage wi' reed baboons fa ir in a rage.

Nichty nicht reed baboons. Settle doon an ging tae sleep noo.
Swingin aboot in i'cage. They'll waken up maist o' i'zoo.
Howlin like Ah dinna ken fit, an throwin things up in i'air.
Och, fit a tee dee at i'zoo wi' aa i'reed baboons gan spare.

Nichty nicht, noo settle doon. We've tae haik back tae toon.
Fit a racket fur gweedness sakes, kin ye nae be quait like i'snakes?
Nae wunner lions ir lookin ower. Spy 'at tiger, see him glower.
Disturbin buffalo ower 'ere, as aa i'reed baboons ging spare.

Nichty night reed baboons. Settle doon an ging tae sleep noo.
Swingin aboot in i'cage. They'll waken up maist o' i'zoo.
Howlin like Ah dinna ken fit, an throwin things up in i'air.
Och, fit a tee dee at i'zoo wi' aa i'reed baboons gan spare.

Wi' aa i'reed baboons gan spare.

Ah hiv seen enuch o' baboons. Fit a coorse temper they hiv got.
Ach, bit look they've settled doon. Must hae bin i'threat o' bein shot.
Order restored, athin is calm as lichts ging oot aa ower i'zoo.
So, nichty nicht reed baboons, we'll aa get some peace an quait noo.

NIVIR IVIR
(by Aa Angels)

A pucklie answers Ah need tae ken.
Aboot foo ye hurt me back 'en.
Ah need tae ken fit Ah've deen wrang,
An fit's bin gan on fir ower lang?

Wiz it 'at Ah nivir paid enuch attention?
Or did Ah nae show enuch affection?
Nae only will yer answers keep me sane,
Bit, Ah'll ken no tae mak i'same mistake again.

Ye kin tell me tae ma face or even phone again.
Ye kin scrieve a letter, bit onywie, Ah hae tae ken.
Did Ah nivir treat ye richt? Wiz Ah ayewiz sic a sicht?
Either wie Ah'm gan aff ma heid.
If ye answer ma questions 'en 'at wid be gweed.

Ma heid's spinnin an Ah'm in a daze.
Ah'm aa aleen, gan throu a bad phase.
Ah'll hae a bath, an dinna lach,
Ah'll wash masel fae heid tae toe,
File listenin tae Status Quo, aye.

Ah think o' loads o' words lyin in ma bed.
Aa throu i'alphabet fae A tae Z.
Conversations, hesitations in ma brain.
Gie'in me mair questions an answers aa ower again.

Ah'm nae gypit, Ah'm shair 'at Ah've deen nithin wrang.
Ah'm jist waitin, fur ah heard 'is feelin winna lest ower lang.

Nivir ivir hiv Ah felt 'is wie.
Ah'm sae depressed an life is passin me by.
Nivir ivir hiv Ah felt sae sad.
I'wie Ah'm feelin, aye, ye've got me feelin affa bad.
Nivir ivir hiv Ah hid tae fund,

Time tae dig awa fit's beeried unner i'grund.
Ah've nivir ivir hid ma conscience tae fecht,
I'wie Ah'm feelin, Ah'm fair puggled an pecht.

Nivir ivir hiv Ah felt 'is wie.
Ah'm sae depressed an life is passin me by.
Nivir ivir hiv Ah felt sae sad.
I'wie Ah'm feelin, aye, ye've got me feelin affa bad.
Nivir ivir hiv Ah hid tae fund,
Time tae dig awa fit's beeried unner i'grund.
Ah've nivir ivir hid ma conscience tae fecht,
I'wie Ah'm feelin, Ah'm fair puggled an pecht.

Ah;'ll keep searchin deep wi'in ma sowel,
Fur aa i'answers, 'at jist mak me growl.
Ah need peace, och, it's jist nae yees,
Need tae be free fae pain.
Ah'm gan insane.
Ma hert aches, aye.

Ah think o' loads o' words lyin in ma bed.
Aa throu i'alphabet fae A tae Z.
Conversations, hesitations in ma brain.
Gie'in me mair questions an answers aa ower again.

Ah'm nae gypit, Ah'm shair 'at Ah've deen nithin wrang.
Ah'm jist waitin, fur ah heard 'is feelin winna lest ower lang.

Nivir ivir hiv Ah felt 'is wie.
Ah'm sae depressed an life is passin me by.
Nivir ivir hiv Ah felt sae sad.
I'wie Ah'm feelin, aye, ye've got me feelin affa bad.
Nivir ivir hiv Ah hid tae fund,
Time tae dig awa fit's beeried unner i'grund.
Ah've nivir ivir hid ma conscience tae fecht,
I'wie Ah'm feelin, Ah'm fair puggled an pecht.

Nivir ivir hiv Ah felt 'is wie.
Ah'm sae depressed an life is passin me by.

Nivir ivir hiv Ah felt sae sad.
I'wie Ah'm feelin, aye, ye've got me feelin affa bad.
Nivir ivir hiv Ah hid tae fund,
Time tae dig awa fit's beeried unner i'grund.
Ah've nivir ivir hid ma conscience tae fecht,
I'wie Ah'm feelin, Ah'm fair puggled an pecht.

Nivir ivir hiv Ah felt 'is wie.
Ah'm sae depressed an life is passin me by.
Nivir ivir hiv Ah felt sae sad.
I'wie Ah'm feelin, aye, ye've got me feelin affa bad.
Nivir ivir hiv Ah hid tae fund,
Time tae dig awa fit's beeried unner i'grund.
Ah've nivir ivir hid ma conscience tae fecht,
I'wie Ah'm feelin, Ah'm fair puggled an pecht.

Nivir ivir hiv Ah felt 'is wie.
Ah'm sae depressed an life is passin me by.
Nivir ivir hiv Ah felt sae sad.
I'wie Ah'm feelin, aye, ye've got me feelin affa bad.
Nivir ivir hiv Ah hid tae fund,
Time tae dig awa fit's beeried unner i'grund.
Ah've nivir ivir hid ma conscience tae fecht,
I'wie Ah'm feelin, Ah'm fair puggled an pecht.

Ye kin tell me tae ma face or even phone again.
Ye kin scrieve a letter, bit onywie, Ah hae tae ken.
Ye kin tell me tae ma face or even phone again.
Ye kin scrieve a letter, bit onywie, Ah hae tae ken.
Ye kin scrieve it in a letter, aye.
Ye kin scrieve it in a letter, aye.

ONYBIDDY
(by Dustin Beaver)

Jig wi' me me unner aa i'stars.
See ma breath in i'caul.
Sleep wi' me here on i'dance fleer,
Kiss me afore Ah'm ower aul.

Ye say 'at Ah winna loss ye,
I'future's nae yours tae predict.
So, jist haud on like ye wid nivir leave.
Aye, if ye ivir move awa fae me,
Ah'd fund it hard tae believe, so,

Ye ir i'only een Ah'll ivir love.
(Got tae tell ye, got tae tell ye).
Aye, true. If it's no ye, it's no onybiddy.
(Got tae tell ye, got tae tell ye).
Lookin back ower ma life,
Ah've behaved like a richt diddy (richt diddy).
Aye, true. If it's no ye, it's no onybiddy (onybiddy).
Aye, naebiddy.

Firivir's no enuch time tae (oh-oh).
Love ye i'wie that ah wint (Llve ye i'wie that ah wint).
Bit iviry time ye ging shoppin (oh-oh),
Ah ayewiz wind up bein skint.

Ye say Ah'll nivir loss ye,
Bit i'future's nae oor tae see.
Cause mony things ir ootside oor control.
Aye, if ye ivir move on wi'oot me,
Ah need tae mak shair 'at ye ken,

Ye ir i'only een Ah'll ivir love.
(Got tae tell ye, got tae tell ye).
Aye, true. If it's no ye, it's no onybiddy.
(Got tae tell ye, got tae tell ye).

Lookin back ower ma life,
Ah've behaved like a richt diddy (richt diddy).
Aye, true. If it's no ye, it's no onybiddy (onybiddy).
Aye, naebiddy, jist naebiddy.

Och, och, och.
If it's no ye, it's naebiddy.
Och, och, och, aye, aye.

Ye ir i'only een Ah'll ivir love.
(Got tae tell ye, got tae tell ye).
Aye, true. If it's no ye, it's no onybiddy.
(Got tae tell ye, got tae tell ye), got tae tell ye.
Lookin back ower ma life,
Ah've behaved like a richt diddy (richt diddy).
Aye, true. If it's no ye, it's no onybiddy.

PIGGY COO
(by Huddy Bolly an i'Wickets)

If ye ken, i'piggy pen.
Then ye'd ken we're farmer men, wi' piggies.
Piggies an a coo.
Ach weel, Ah love 'em aa, aye aa ma piggies an ma coo.

Piggy pen, piggy pen.
Foo Ah wisht Ah wiz 'ere again.
Ma piggies, ma piggies an ma coo.
Ach weel, Ah love 'em aa, aye aa ma piggies an ma coo.

Piggy pen. Piggy pen.
Stinky, stinky, stinky, stinky piggy pen.
Och piggies. ma piggies an ma coo.
Ach weel, Ah love 'em aa, aye aa ma piggies an ma coo.

Nivir hid a hen in i'piggy pen.
Bit we did hae a rooster iviry noo an 'en.
Och piggies. ma piggies an ma coo.
Ach weel, Ah love 'em aa, aye aa ma piggies an ma coo.

Piggy pen. Piggy pen.
Stinky, stinky, stinky, stinky piggy pen.
Och piggies. ma piggies an ma coo.
Ach weel, Ah love 'em aa, aye aa ma piggies an ma coo.

Nivir hid a hen in i'piggy pen.
Bit we did hae a rooster iviry noo an 'en.
Och piggies. ma piggies an ma coo.
Ach weel, Ah love 'em aa, aye aa ma piggies an ma coo.
Ach weel, Ah love 'em aa, aye aa ma piggies an ma coo.

PONTOON FACE
(by Wifie Ha ha)

Ma-ma-ma-ma.
Ma-ma-ma-ma.
Ma-ma-ma-ma.
Ma-ma-ma-ma.
Ma-ma-ma-ma.

Ah wint tae haud 'em like they dae in Fyvie, please.
Hit me twenty een or five caird trick. Och twist or stick (Ah love it).
Love i'game, let's ging crazy wi' a diamond tae stert.
It disna metter fit i'suit is, club, spade or hert.

Och, noo, oh, oh.
Oh, oh-oh.
Ah'll get him het, then A'll mak ma bet.
Och, noo, oh, oh.
Oh, oh-oh.
Ah'll get him het, then A'll mak ma bet.

Canna read ma mind, canna read ma,
Na, he canna read ma pontoon face.
(She's got me like naebiddy).
Canna read ma mind, canna read ma,
Na, he canna read ma pontoon face.
(She's got me like naebiddy).

P-p-p-pontoon face, p-p-pontoon face (ma-ma-ma-ma).
P-p-p-pontoon face, p-p-pontoon face (ma-ma-ma-ma).

Ah wint tae deal 'em oot, hit 'at twenty een (hey).
Stare at the ithirs lookin affa mean (Ah love it).
Russian roulette's no i'same wi'oot a gun,
An hey, if Ah'm no winnin, Ah'm no ha'en muckle fun (fun).

Och, noo, oh, oh.
Oh, oh-oh.

Ah'll get him het, then A'll mak ma bet.
Och, noo, oh, oh.
Oh, oh-oh.
Ah'll get him het, then A'll mak ma bet.

Canna read ma mind, canna read ma,
Na, he canna read ma pontoon face.
(She's got me like naebiddy).
Canna read ma mind, canna read ma,
Na, he canna read ma pontoon face.
(She's got me like naebiddy).

P-p-p-pontoon face, p-p-pontoon face (ma-ma-ma-ma).
P-p-p-pontoon face, p-p-pontoon face (ma-ma-ma-ma).
(Ma-ma-ma-ma).
(Ma-ma-ma-ma).

Ah winna tell ye fit Ah think o' this game.
Noo, twist or stick, or five caird trick?
Ah'm excited. Ken fit Ah mean? Jist hit me wi' twenty een.
Jist like a feel in i'casino.
Got i'siller spent afore Ah win.
'Ere's nae gan back, nae gan back,
Aa Ah winted wiz a blackjack.

Canna read ma mind, canna read ma,
Na, he canna read ma pontoon face.
(She's got me like naebiddy).
Canna read ma mind, canna read ma,
Na, he canna read ma pontoon face.
(She's got me like naebiddy).
Canna read ma mind, canna read ma,
Na, he canna read ma pontoon face.
(She's got me like naebiddy).
Canna read ma mind, canna read ma,
Na, he canna read ma pontoon face.
(She's got me like naebiddy).
Canna read ma mind, canna read ma,
Na, he canna read ma pontoon face.

(She's got me like naebiddy).
Canna read ma mind, canna read ma,
Na, he canna read ma pontoon face.
(She's got me like naebiddy).

P-p-p-pontoon face, p-p-pontoon face.
P-p-p-pontoon face, p-p-pontoon face.
(She's got me like naebiddy).
P-p-p-pontoon face, p-p-pontoon face (ma-ma-ma-ma).
P-p-p-pontoon face, p-p-pontoon face (ma-ma-ma-ma).
P-p-p-pontoon face, p-p-pontoon face (ma-ma-ma-ma).
P-p-p-pontoon face, p-p-pontoon face (ma-ma-ma-ma).

PREFAB
(by Aggie Whitehoose)

They tried tae mak me bide in a prefab,
Bit Ah said na, na, na.
Ah've seen i'front an ah've seen i'back,
An it's nae braw.
Ah've wasted ma time,
Ah didna think it wiz sae fine.
Dinna mak me bide in 'at prefab,
Nae yees at aa, aa, aa.

Ah rether be at hame masel,
Ah dinna care aboot i'smell.
Ah wint nithin,
Wint nithin fae onybiddy.
Ah'm jist fine doon here in Auchinyell.

Ah ken 'at Ah've nae got much class,
Bit, fan it comes tae prefabs, Ah will pass.

They tried tae mak me bide in a prefab,
Bit Ah said na, na, na.
Ah've seen i'front an ah've seen i'back,
An it's nae braw.
Ah've wasted ma time,
Ah didna think it wiz sae fine.
Dinna mak me bide in 'at prefab,
Nae yees at aa, aa, aa.

I'mannie said 'Fit wie ir ye here?'
Ah said 'Ah hiv nae idea.'
Ah dinna, dinna wint to loss ma freens,
Ah like it because they aa bide near.

They said a chynge is like a rest.
Bit, aa Ah got wiz fair depressed.

They tried tae mak me bide in a prefab,
Bit Ah said na, na, na.
Ah've seen i'front an ah've seen i'back,
An it's nae braw.

Ah dinna ivir wint tae flit again.
Ah jist, och Ah'm fine far Ah am.
Ah'm no spendin time in 'ere.
Drinkin caul watter, ettin breed an jam.

An it's no jist ma pride, it's jist ma feelin inside.

They tried tae mak me bide in a prefab,
Bit Ah said na, na, na.
Ah've seen i'front an ah've seen i'back,
An it's nae braw.
Ah've wasted ma time,
Ah didna think it wiz sae fine.
Dinna mak me bide in 'at prefab,
Nae yees at aa, aa, aa.

PURPLE PHASE
(by Jammy Bendix)

Purple phase is in ma heid.
Athin's purple, an 'at is gweed.
Fit a colour, it's takin ower ma life.
Excuse me file Ah kiss ma wife.

Purple phase is aa aroon,
Dinna ken if Ah'm up or doon.
Am Ah happy or in misery?
Fitivir it is, it's pit a spell on me.

Help me. help me.
Och, na, na.

Ooh, ah. Ooh, ah.
Ooh, ah. Ooh, ah. Aye.

Purple phase is in ma sicht.
Dinna ken if it's day or nicht.
It got me thinkin, thinkin in rhyme.
Is it i'morn, or jist i'end o' time?

Ach, help me.
Och aye, aye, purple phase.
Och, na,na.
Och, help me.
Tell me, tell me, purple phase.
Ah canna ging on like 'is.
(Purple phase) Ye've mad me blaw ma mind.
Purple phase, n-na, na.
Purple phase.

QUINES JIST WINT TAE HAE FUN
(by Lindy Cowper)

Ah cam hame in i'mornin licht,
Ma mithir says 'dearie me, yer sic a sicht'.
Och mithir dear, Ah'm yer dother no yer son.
An quines, they wint tae hae fun.
Och, quines jist wint tae hae fun.
I'phone rings in i' middle o' i'nicht.
Ma faither yells 'Fan ye gonna get yer life richt?'
Och faither dear, ye ken ma life's jist begun.
An quines, they wint tae hae fun.
Och, quines jist wint tae hae fun.
'At's aa they really wint, Ah mean,
Fun fan i'workin day's deen.
Och quines, they wint tae hae fun.
Yoo hoo, quines jist wint tae hae (quines) fun (they wint).
(Wint tae hae fun - quines - wint tae hae).

Some loons tak a braw bonnie lass,
An hide her awa like she's ower muckle hass.
Ah wint tae be i'een 'at's oot in i'sun.
Och quines, they wint tae hae fun.
Yoo hoo, quines jist wint tae hae fun.
'At's aa they really wint, Ah mean,
Fun fan i'workin day's deen.
Och quines, they wint tae hae fun.
Ach, quines jist wint tae hae (quines) fun (they wint).
(Wint tae hae fun - quines - wint tae hae).
They jist wint tae, they jist wint tae (quines).
They jist wint tae, they jist wint tae (quines jist wint tae hae fun).
Och, quines. Quines jist wint tae hae fun.
(Jist wint, they jist wint tae).
They jist wint tae, they jist wint tae (quines).
They jist wint tae, they jist wint tae (quines jist wint tae hae fun).
Quines. Quines jist wint tae hae fun.
'At's aa they really wint, Ah mean,
Fun fan i'workin day's deen.

Ach, fan i'workin day's deen.
Och quines, they wint tae hae fun.
They jist wint tae, they jist wint tae (quines).
They jist wint tae, they jist wint tae (quines jist wint tae hae fun).
Fan i'workin, fan i'workin day's deen.
Och quines, they wint tae hae fun.
They jist wint tae, they jist wint tae (quines).
They jist wint tae, they jist wint tae (quines jist wint tae hae fun).

RAY O' LICHT
(by Mad Honor)

Zodiac in i'sky at nicht Ah wunner,
Div ma tears o' mournin mak me ging giddy?
She's got hersel a universe ower quickly,
Fur i'clap o' thunner threatens abiddy.

An Ah'm feel, an Ah jist got hame. An Ah'm feel.

An Ah'm feel, an Ah jist got hame. An Ah'm feel.

Fester than i'speedin licht she's fleein,
Tryin tae mind jist far it aa began.

She's got hersel a wee bittie paradise,
Waitin fur i'time fan we kin touch i'skies.

Fester than a ray o' licht.
Fester than a ray o' licht.
Fester than a ray o' licht.

An Ah'm feel. Fester than a ray o' licht.

It's awa noo,
Some ithir biddy's got it.
Bit she nivir lost it.
She's got hersel in paradise.
She's got hersel in paradise.

An Ah'm feel. An Ah'm feel.
An Ah jist got hame. An Ah'm feel.

Fester than a ray o' licht she's fleein.
Fester than a ray o' licht Ah'm fleein.

REASONS TAE BE CHEERIE (PERT 3)
(by Leon Ury an i'Blackheids)

Fit ir ye deein oot o' bed?
Fit ir ye deein oot o' bed?
Fit ir ye deein oot o' bed?

Reasons tae be cheerie, pert 3. Een, twa, three.

Some o' Duane Eddy, bidin in ma beddie, wi' ma teddy an dolls.
It's a sair fecht, feelin gye pecht, dancin oot in Echt in village halls.

Twa wheeler bikes, great muckle spikes, watchin Eric Sykes plus Hattie Jacques.
A Fettercairn fella, a gowf umbrella, bein wi' Sam an Ella fur Tay an cakes.

Arthur Conan Doyle, Duff Hoose Royal, Epee, sabre, foil.
Geoffrey Rush.
Metro Goldwyn Mayer, Rupert Bear, Leeds United player.
Basil Brush.

Pottin snooker ba's, aicht score draws, seein Santa Claus an Christmas trees.
Aware o' i'dangers, spikkin tae strangers, watchin Cove Rangers.
Crowdie cheese.
Reasons tae be cheerie, pert 3. Reasons tae be cheerie, pert 3.
Reasons tae be cheerie, pert 3. Reasons tae be cheerie.
Een, twa, three.

Reasons tae be cheerie, pert 3.
McCaig's Folly, watchin Stan an Ollie, Hello Dolly!
Basil an Sybil, Top Cat an Dibble, haen a wee nibble.
A gweed cruise deal, view master reel, herrin in oatmeal.
Drinkin Jennings beers, hearin Billy Shears, happy new years.
Salvador Dali, cookin in i'galley, seein Kirstie Alley.
Clowns ca'ed CoCo, gan poco loco, John an Yoko.
A day at i'races, makin funny faces, haudin fower aces.
Burgers an fries, i'Brig o' Sighs, Morcambe an Wise.

Reasons tae be cheerie, pert 3. Reasons tae be cheerie, pert 3.
Reasons tae be cheerie, pert 3. Reasons tae be cheerie.
Een, twa, three.

Aye, aye, ma sweet.
Ye'll get yer treat.
Jist wait a filey langer.
Och, fit noo?

Reasons tae be cheerie, pert 3. Reasons tae be cheerie, pert 3.
Reasons tae be cheerie, pert 3. Reasons tae be cheerie, pert 3.
Reasons tae be cheerie, pert 3. Reasons tae be cheerie, pert 3.
Reasons tae be cheerie, pert 3. Reasons tae be cheerie, pert 3.

REEK ON I'WATTER
(by Neep Turtle)

We aa cam oot tae Montrose,
On i'caul North Sea coastline.
Tae mak records near i'High Street,
We didna hae muckle time.
Micky Murphy an i'Mithirs,
Wir at i'best place aroon.
Bit some feel wi' a matchbox,
Set fire tae near i'hale toon.

Reek on i'watter. Firey in i'sky.
Reek on i'watter.

They burned doon i'haufwie hoose,
It deed wi' an affa soun.
Gypit Gus wiz runnin in an oot,
Puttin abiddy doon.
Fan it wiz aa ower,
We hid tae fun anithir place.
Bit oor time wiz rinnin oot,
Ah thocht 'at we'd loss 'at race.

Reek on i'watter. Firey in i'sky.
Reek on i'watter.

We endit up at i'Fritz Hotel.
It wiz empty, caul an bare.
Bit we pit a bunnet doon ontae i'street,
An sang oor sangs 'ere.
Aa lit up by i'Montrose street lichts,
We gave bleed, tears an sweat.
Nae metter fit we get oot o' 'is,
Ah ken, Ah ken we'll nivir forget.

Reek on i'watter. Firey in i'sky.
Reek on i'watter.

RELAPSE
(by Frunkie Gings Tae Steeywid)

Whi - i - ine.

Gie it tae me een mair time noo,

Weel, woo-hoo, weel.

Relapse, dinna dee it. Fan ye wint tae ging dee it.
Relapse, dinna dee it. Fan ye wint tae come.
Relapse, dinna dee it. Fan ye wint tae sing wi' it.
Relapse, dinna dee it. Fan ye wint tae hum.
Fan ye wint tae hum.

Relapse, dinna dee it. Fan ye wint tae ging dee it.
Relapse, dinna dee it. Fan ye wint tae come.
Relapse, dinna dee it. Fan ye wint tae sing wi' it.
Relapse, dinna dee it. Fan ye wint tae hum.
Woo-hoo.

Bit face yersel i'richt wie roon, mak shair ye look up an no doon.
Live yer dreams, scheme yer schemes,
Got tae hit me (hit me), hit me (hit me),
Hit me like a tin o' beans. Tin o' beans.

Relapse, dinna dee it. Relapse, fan ye wint tae come (come).
Ah'm comin. Ah'm comin (aye, aye, och aye)

Relapse (dinna dee it). Fan ye wint tae ging dee it (far ir ye noo?).
Relapse, dinna dee it. Fan ye wint tae come.
Relapse, dinna dee it. Fan ye wint tae sing wi' it.
Relapse, dinna dee it (Aricht!). Fan ye wint tae hum.
Fan ye wint tae hum. Fan ye wint tae hum.
Come!

Come on doon. Express yersel. Ye feel, ye!

Relapse, dinna dee it. Fan ye wint tae ging dee it.
Relapse, dinna dee it. Relapse, dinna dee it.
Fan ye wint tae sing wi' it. Relapse, dinna dee it.

Eence mair, eence mair, eence mair (hooch!)
Come!

RELICHT MA FLAME
(by Tak 'At wi' Woowoo)

Gies a haun tae escape aa 'is insecurity.
Ah need ye affa much, but Ah dinna think ye need me.
Bit, if we aa staun up an love is i'aim.
Then dreams kin become real, jist play i'game.
Ah've got tae say, yer fit Ah dream aboot.
Bit, like a thief in i'nicht,
Ye turnt ma world inside oot.

Relicht ma flame, yer love is ma only aim.
Relicht ma flame, cause Ah need yer love.

Turn back i'times tae i'days fan oor love wiz new.
Div ye mind on 'at?
Nae metter fit wiz happenin, ye wir in ma view.
Bit if we aa staun up fur fit we believe,
An maybe live within oor possibilities,
I'world wid ging wild fur i'dream.
So quine, dinna turn awa, listen tae fit Ah say, 'at's aa.

Relicht ma flame, yer love is ma only aim.
Relicht ma flame, cause Ah need yer love.

Ye've got tae be strong enuch tae haik on throu i'nicht (aye).
Nae neu day should gie ye a fricht (aye).
Ye mist hae some hope in yer sowel, jist keep haikin,
Woah, woah, aye.

Strong enuch tae haik on throu i'nicht.
Nae neu day should gie ye a fricht.
Ye mist hae some hope in yer sowel, jist keep haikin,
Woah, woah, aye.

Relicht ma flame, yer love is ma only aim.
Relicht ma flame, cause Ah need yer love.

Relicht ma flame, yer love is ma only aim.
Relicht ma flame, cause Ah need yer love.

Relicht ma flame, yer love is ma only aim.
Relicht ma flame, cause Ah need yer love.

RHYNIE QUINIE
(by Mad Honor)

Some loons hug me, some loons bug me,
Some o'them's a'richt.
Ah ging trappin aa tertit up,
An look a proper sicht.

They kin beg an they kin plead,
But they can nivir see the licht.
Cause i'loon wi i'pooch fu' o' siller,
Is ayewiz Mister Richt.

Cause we're aa bidin in i'countryside,
An Ah am a Rhynie quine.
Ye ken we're aa bidin in i'countryside,
An Ah am a Rhynie quine.

Some loons slow jig, een loon's ae pig,
But Ah divna care fit they say.
If they dinna raise ony interest,
Ah'll gan hame fur ma tay.

Some loons try an ither loons lie,
Ah jist let 'em be.
Only loons 'at hiv got siller,
Hae ony effect on me.

Loons may come an loons may ging,
An that's aricht ye see.
Experience has mad me rich,
An noo they're sikin me.

Cause we're aa bidin in i'countryside,
An Ah am a Rhynie quine.
Ye ken we're aa bidin in i'countryside,
An Ah am a Rhynie quine.

RIVERS O' BRIG O' DON
(by Beeny N)

By i'rivers o' Brig o' Don far we sat doon.
Far we aa slept fan we minded on Diane.
By i'rivers o' Brig o' Don far we sat doon.
Far we aa slept fan we minded on Diane.

'Ere i'wicked cairtit us awa tae Tipperty, mad us sing a sang,
Bit, fit if we sing i'words wrang in a strange band?

'Ere i'wicked cairtit us awa tae Tipperty, mad us sing a sang,
Bit, fit if we sing i'words wrang in a strange band?

Aye, aye, aye, aye, aye.

Pit i'words in oor mooth wi' i'medication fur oor hert.
Wi' a recepticle in yer sicht, here i'nicht.

Pit i'words in oor mooth wi' i'medication fur oor hert.
Wi' a recepticle in yer sicht, here i'nicht.

By i'rivers o' Brig o' Don far we sat doon.
Far we aa slept fan we minded on Diane.
By i'rivers o' Brig o' Don far we sat doon.
Far we aa slept fan we minded on Diane.

By i'rivers o' Brig o' Don (dark cloods in Brig o' Don).
Far we sat doon (ye hiv tae sing a sang).
Far we aa slept (sing i'sang above).
Fan we minded on Diane (och, aye, aye, aye, aye).

By i'rivers o' Brig o' Don (gey roch in Brig o' Don).
Far we sat doon (te kin hear i'fowk greet).
Far we aa slept (they're needy by God).
Fan we minded on Diane (och, dee it aa ower).

ROADIE TAE NAEWIE
(by Spikkin Heids)

Weel, we ken far we've tae ging, bit we dinna ken far we've been.
An we aa ken nixt tae nithin an we canna say fit we've seen.

Though we're nae longer skweel geets, we need time tae work it oot.
An we look forit tae treats, an we'll get it aa nae doot.

We're on a roadie tae naewie. Come awa inside.
Takin 'at roadie tae naewie. We'll tak 'at ride.

I'm feelin fine 'is mornin, an div ye ken,
We're gan tae paradise? Here we ging, aye eence again.

We're on a roadie tae naewie. Come awa inside.
Takin 'at roadie tae naewie. We'll tak 'at ride.

Maybe ye wunner far ye ir, or dae ye care?
Here is far time is on oor side. Ye ir there, ye ir there.

We're on a roadie tae naewie.
We're on a roadie tae naewie.
We're on a roadie tae naewie.

Through i'toon an countryside, Come awa an tak 'at ride.
An it's a'richt, quine it's a'richt.

An it's affa far awa, bit ye'll fun oot 'at it's braw.
An it's a'richt, quine it's a'richt.

Would ye like tae come alang? Ye cud help me sing ma sang.
An it's a'richt, quine it's a'richt.

They kin tell ye fit tae dae. Tak nae heed o' fit they say.
An it's a'richt, quine it's a'richt.

Through i'toon an countryside, come awa an tak 'at ride.
An it's a'richt, quine it's a'richt.

An it's affa far awa, bit ye'll fun oot 'at it's braw
An it's a'richt, quine it's a'richt.

Would ye like tae come alang? Ye cud help me sing ma sang.
An it's a'richt, quine it's a'richt.

They kin tell ye fit tae dae. Tak nae heed o' fit they say.
An it's a'richt, quine it's a'richt.

We're on a roadie tae naewie. We're on a roadie tae naewie.
We're on a roadie tae naewie. We're on a roadie tae naewie.

ROCK AROON I'CLOCK
(by Hill Bailey an his Kumquats)

Een, twa, three o'clock, fower o'clock rock.
Five, six, seeven o'clock, aicht o'clock rock.
Nine, ten eleeven o'clock, twel o'clock rock,
We're gan tae rock aroon i'clock i'nicht.

Pit yer gweed cleys on an get ready tae rock,
I'perty gets stertit at een o'clock.
We're gan tae rock aroon i'clock i'nicht,
We're gan tae rock, rock, rock till it's daylicht.
We're gan tae rock, gan tae rock aroon i'clock i'nicht.

Fan i'clock strikes twa, three an fower,
It'll still be a lang time afore it's ower
We're gan tae rock aroon i'clock i'nicht,
We're gan tae rock, rock, rock till it's daylicht.
We're gan tae rock, gan tae rock aroon i'clock i'nicht.

Fan i'chimes ring five, six an seeven,
Naebiddy here will think o' leavin.
We're gan tae rock aroon i'clock i'nicht,
We're gan tae rock, rock, rock till it's daylicht.
We're gan tae rock, gan tae rock aroon i'clock i'nicht.

Fan it's aicht, nine, ten, eleeven an aa.
We'll be haein fun, jist jiggin awa.
We're gan tae rock aroon i'clock i'nicht,
We're gan tae rock, rock, rock till it's daylicht.
We're gan tae rock, gan tae rock aroon i'clock i'nicht.

Fan i'clock strikes twel, we'll cool doon 'en.
Afore we stert rockin aa ower again.
We're gan tae rock aroon i'clock i'nicht,
We're gan tae rock, rock, rock till it's daylicht.
We're gan tae rock, gan tae rock aroon i'clock i'nicht.

ROCKIN AA OWER I'WORLD
(by Static Dough)

Och, here we ir, an here we ir, an here we ging.
Abiddy aboard an ready tae sing.
Here we ging, rockin aa ower i'world.

Ach, giddy up, an giddy up an get awa.
We've gan gypit watchin ower much fitba.
Here we ging, rockin aa ower i'world.

An Ah like it, Ah like it, Ah like it.
Ah la-la-la like it. La,la, ly.
Here we ging, rockin aa ower i'world.

Ah'm gan tae tell yer mithir fit yer gan tae dae.
Come on oot, we're ready tae play.
Here we ging, rockin aa ower i'world.

An Ah like it, Ah like it, Ah like it.
Ah la-la-la like it. La,la, ly.
Here we ging, rockin aa ower i'world.

An Ah like it, Ah like it, Ah like it.
Ah la-la-la like it. La,la, ly.
Here we ging, rockin aa ower i'world.

An Ah like it, Ah like it, Ah like it.
Ah la-la-la like it. La,la, ly.
Here we ging, rockin aa ower i'world.

An Ah like it, Ah like it, Ah like it.
Ah la-la-la like it. La,la, ly.
Here we ging, rockin aa ower i'world.

ROLLIN OOT I'NEEP
(by Adoll)

'Ere's a firey stertin in ma hert. Ah've got aa excitit.
It's brocht me oot o' i'dark, I see ye couldna hide it.
Ging aheed and sell oor neeps an I'll ploo i'park bare.
Ah'll be plantin tatties in 'ere next year,
So, get rid o' aa 'em neeps i'noo, ma dear.

'Ere's a firey stertin in ma hert. Ah've got aa excitit.
It's brocht me oot o' i'dark.

I'scars o' furrows ir lookin gie braw.
They keep me thinkin that we nearly hid it aa.
I'scars o' furrows ir fadin awa.
Ah canna help feelin we coulda hid it aa.
(Div ye wish that ye'd nivir met me?).
Rollin in i'neeps.
(Mak shair nane faa, rollin oot i'neeps).
Ye ken Ah hid ma hert in ma mou.
(Div ye wish that ye'd nivir met me?)
An Ah could feel it beat.
(Mak shair nane faa, rollin oot i'neeps).

Weel, 'ere's no muckle o' a tale tae tell.
Bit Ah've heard een i'day.
Aye, an it'll mak yer heid turn.
Think o' me in yer depths o' despair.
Mak yer hame doon 'ere.
An it's no fur me tae share.

(Your gan tae wish ye'd nivir met me).
I'scars o' furrows remind me o' hame.
(Mak shair nane faa, rollin oot i'neeps).
They keep me thinkin that neither wiz tae blame.
(Div ye wish that ye'd nivir met me?).
I'scars o' furrows mak me pant an wheeze.
(Mak shair nane faa, rollin oot i'neeps).

Ah'm watchin oot 'at Ah dinna skin ma knees.
(Div ye wish that ye'd nivir met me?)
Rollin oot i'neeps.
(Mak shair nane faa, rollin oot i'neeps).
Ye ken Ah hid ma hert in ma mou.
(Div ye wish that ye'd nivir met me?).
An Ah could feel it beat.
 (Mak shair nane faa, rollin oot i'neeps).
We could hae hid it aa, rollin oot i'neeps.
Ye ken Ah hid ma hert in ma mou.
An Ah could feel it beatin.

Fling yer sowel throu iviry open windae (woo).
Count your blessins yer nae hitched tae Sindy (woo).
Turn ma sorrow intae a treasure chest (woo).
Ye kin pey me back in kind, ye ken Ah'm i'best (woo).
(Your gan tae wish ye'd nivir met me).
We could hae hid it aa.
(Mak shair nane faa, rollin oot i'neeps).
We could hae hid it aa.
(Your gan tae wish ye'd nivir met me).
It aa, it aa, it aa.
(Mak shair nane faa, rollin oot i'neeps).

We could hae hid it aa.
(Div ye wish that ye'd nivir met me?).
Rollin oot i'neeps.
(Mak shair nane faa, rollin oot i'neeps).
Ye ken Ah hid ma hert in ma mou.
(Div ye wish that ye'd nivir met me?).
An Ah could feel it beat.
(Mak shair nane faa, rollin oot i'neeps).

We could hae hid it aa.
(Div ye wish that ye'd nivir met me?).
Rollin oot i'neeps.
(Mak shair nane faa, rollin oot i'neeps).
Ye ken Ah hid ma hert in ma mou.
(Div ye wish that ye'd nivir met me?)

Bit, ye played it,
Ye played it,
Ye played it,
Ye played it tae i'beat.

ROWIE WI' IT
(by Okaysis)

Ye've got a rowie wi' it. Ye've got tae tak brakfast,
Ye've got tae ett fit ye ett, scoff up fit's on yer plate.
It's no far ower muckle fur ye tae tak.

Dinna ivir stan aside. Div ye wint yer eggs fried?
Fit aboot a fruity slice? Noo 'at wid be affa nice.
Ah think Ah've got a wee bit o' tattie scone,
Either 'at or fried breed tae pit yer egg on,
An ye kin hae a lorne sausage on i'side.

Ah ken i'roadies doon fit yer life is gan.
Ah'll fund i'key 'at let's ye in i'hoose.
Kiss i'quine, she's no ahent i'door.
Weel ye ken, Ah think Ah recognise yer face,
Bit Ah've nivir seen ye afore.

Ye've got a rowie wi' it. Ye've got tae tak brakfast,
Ye've got tae ett fit ye ett, scoff up fit's on yer plate.
It's no far ower muckle fur ye tae tak.

Ah ken i'roadies doon fit yer life is gan.
Ah'll fund i'key 'at let's ye in i'hoose.
Kiss i'quine, she's no ahent i'door.
Weel ye ken, Ah think Ah recognise yer face,
Bit Ah've nivir seen ye afore.

Ye've got a rowie wi' it. Ye've got tae tak brakfast,
Ye've got tae ett fit ye ett, scoff up fit's on yer plate.
It's no far ower muckle fur ye tae tak.

Dinna ivir stan aside. Div ye wint yer eggs fried?
Fit aboot a fruity slice? Noo 'at wid be affa nice.
Ah think Ah've got a wee bit o' tattie scone.

SALARY
(by i'Zoocons)

Weel, sometimes Ah ging oot by masel,
An Ah look across i'watter.
An Ah think o' aa i'stuff fit yer ettin,
An foo yer gan tae get much fatter.

Because since Ah've cam back hame,
Ah confess Ah'm in a mess.
Ah miss foo ye comb yer hair,
An i'wie ye like tae dress.
Will ye no come ower?
It's high time Ah wiz peyd, ye see.
Foo will ye no come wi' ma,
Salary. Salary?

Ye should hae been pit in jile,
Instead o' workin in i'ile.
Ah hope ye got a gweed brief.
Ah hope ye dinna catch a caul.
Hiv ye still got yer rag doll,
In yer aul toybox?
Ah'm no workin onymair,
Bit, ah dinna suppose ye care.
'At's ma belief.
Weel, Ah hope that athin's fine,
An that aa yon siller's mine,
Fae workin i'docks.

Because since Ah've cam back hame,
Ah confess Ah'm in a mess.
Ah miss foo ye comb yer hair,
An i'wie ye like tae dress.
Will ye no come ower?
It's high time Ah wiz peyd, ye see.
Foo will ye no come wi' ma,
Salary. Salary. Salary. Salary?

Ah'm no workin onymair,
Bit, ah dinna suppose ye care.
'At's ma belief.
Weel, Ah hope that athin's fine,
An that aa yon siller's mine,
Fae workin i'docks.

Because since Ah've cam back hame,
Ah confess Ah'm in a mess.
Ah miss foo ye comb yer hair,
An i'wie ye like tae dress.
Will ye no come ower?
It's high time Ah wiz peyd, ye see.
Foo will ye no come wi' ma,
Salary. Salary. Salary. Salary?

Weel, sometimes Ah ging oot by masel,
An Ah look across i'watter.
An Ah think o' aa i'stuff fit yer ettin,
An foo yer gan tae get much fatter.

Because since Ah've cam back hame,
Ah confess Ah'm in a mess.
Ah miss foo ye comb yer hair,
An i'wie ye like tae dress.
Will ye no come ower?
It's high time Ah wiz peyd, ye see.
Foo will ye no come wi' ma,
Salary. Salary. Salary. Salary. Salary?

SEA BREAMS (IR MADE O' FISH)
(by i'Blue Rinse Mix)

Sea breams ir made o' fish. Fa am Ah tae disagree?
Ah fished 'em aa oot o' i'North Sea. Abiddy is lookin fur salmon.
Oooh, hoo.

Some o' 'em wint tae lose ye.
Some o' them wint confused by ye.
Some o' 'em wint tae choose ye.
Some o' 'em wint tae be missused.

Sea breams ir made o' fish. Fa am Ah tae disagree?
Ah fished 'em aa oot o' i'Black Sea. Abiddy is lookin fur shark fin.
Oooh, hoo.

Haud yer heid up. Keep yer heid up (plooin on).
Haud yer heid up (plooin on). Keep yer heid up (plooin on).
Haud yer heid up (plooin on). Keep yer heid up (plooin on).
Haud yer heid up (plooin on). Keep yer heid up.

Some o' 'em wint tae lose ye.
Some o' them wint confused by ye.
Some o' 'em wint tae choose ye.
Some o' 'em wint tae be missused.

Sea breams ir made o' fish. Fa am Ah tae disagree?
Ah fished 'em aa oot o' i'Baltic Sea. Abiddy is lookin fur dolphin.
Sea breams ir made o' fish. Fa am Ah tae disagree?
Ah fished 'em aa oot o' i'Black Sea. Abiddy is lookin fur shark fin.
Sea breams ir made o' fish. Fa am Ah tae disagree?
Ah fished 'em aa oot o' i'North Sea. Abiddy is lookin fur salmon.

SEEVEN THINGS
(by Ariadne Great)

Och, brakfast at Inversnecky an bottles o' pop.
Quines wi' tattoos an traffic lichts at stop.
Diamonds an pearls,an callin yer bluff.
Ah like tae hae aa o' ma favourite stuff (aye).

Been throu some badness, Ah should be a sad biddy,
Fa wid hae thocht Ah'm i'quine fae i'smiddy?
Rether be tied up wi' i'phone an no rope.
Use expensive gels, nae baather wi' soap (aye).

Ma wrist, stop watchin, ma teeth fur flossin.
Nae takin orders, fowk ir fur bossin.
Ye like ma hair? Weel, weel, Ah jist dyed it.
Ah see it, Ah like it, Ah wint it, Ah spied it (aye).

Ah wint it, Ah got it, Ah wint it, Ah got it.
Ah wint it, Ah got it, Ah wint it, Ah got it.
Ye like ma hair? Weel, weel, Ah jist dyed it.
Ah see it, Ah like it, Ah wint it, Ah spied it (aye).

Wearin a ring disna mak me a missus.
Buy me real diamonds an ye'll get ma kisses.
Efter ma work, Ah've i'perfect reaction,
Gan roon i'shoppies is pure satisfaction.

Faivir said siller canna solve yer problems?
Must hae nae hid enuch siller tae solve 'em.
Fan Ah'm asked 'fit een?' Ah say 'Ah wint aa o' 'em.
Happiness is bocht buyin neu tops an bottoms.

Ma smile is beamin, ma neu teeth ir gleamin.
I'wey Ah shine, aye, ye've seen it fine (ye've seen it).
Ah'll splash ma cash on onythin.
Buy een, buy twa. Ah wint it, Ah got it, aye.

Ah wint it, Ah got it, Ah wint it, Ah got it.
Ah wint it, Ah got it, Ah wint it, Ah got it (aye).
Ye like ma hair? Weel, weel, Ah jist dyed it (och aye).
Ah see it, Ah like it, Ah wint it, Ah spied it (aye).

Och, ma receipts ir lookin like phone nummers.
Neu things fur winters, i'same fur summers.
Ah like tae set credit cards free,
An spend aa ma siller on things fur me.
Ah dinna mean tae brag, bit Ah throw athin in i'bag (aye).
Fan 'ere's somethin 'at they sell, Ah wint it fur masel (aye).
Woo, Ah jist ging fae shop tae shop.
Ah buy 'is, Ah buy 'at an Ah canna stop.
Ah've nae need fur five or six,
Bit seeven things may dae i'trick.
Look at ma car, look at ma jet.
Hiv ye got i'siller tae pey me respect?
'Ere's nae budget fan Ah'm on i'set.
If Ah like it, 'en 'at's fit Ah get. Aye.

Ah wint it, Ah got it, Ah wint it, Ah got it (aye).
Ah wint it, Ah got it, Ah wint it, Ah got it (och, aye, aye).
Ye like ma hair? Weel, weel, Ah jist dyed it.
Ah see it, Ah like it, Ah wint it, Ah spied it (aye).

SETERDAY NICHT'S ARICHT FUR FECHTIN
(by Beltin Joan)

It's gettin late, lookin fur ma mate.
Jist tell me fan i'loons get here.
It's seeven o'clock, an Ah wint tae rock.
Wint tae hae a richt gweed howp o' beer.

Ma faither's mair drunk than a bloomin blootirt skunk.
An ma mithir jist disna care.
Ma sister looks cute, in ma faither's aul suit,
An a big rainmate ower her hair.

Och, dinna gie us ony aggrivation.
Tak i'bikes oot tae i'Mill Inn.
Seterday's got a fechtin reputation,
Get a bittie action in.

Get as iled as a tin o'sardines,
We'll set 'is perty alicht.
We aa ken fit Seterday means,
So, hae a fecht aricht, aricht, aricht. Woo.

Weel, they're packit pretty ticht in here i'nicht.
Ah'm sikkin oot a quine, or twa or three.
Seterday nicht's aricht fur fechtin, we ken 'at's richt.
Ah micht sink a bittie drink an shout oot 'she's wi' me'.

Ach weel, een o' i'souns 'at Ah really like,
Is i'screachin o' tyres on a motorbike.
Ah'm a workin class loon, Ah'm shair 'at ye could guess,
Fa's best freen floats at i'bottom o' a gless.

Och, dinna gie us ony aggrivation.
We're headed oot tae i'Mill Inn.
Seterday's got a fechtin reputation,
Get a bittie action in.
Get as iled as a tin o'sardines,

We'll set 'is perty alicht.
We aa ken fit Seterday means,
So, hae a fecht aricht, aricht, aricht. Woo.

Och, dinna gie us ony aggrivation.
We're headed oot tae i'Mill Inn.
Seterday's got a fechtin reputation,
Get a bittie action in.
Get as iled as a tin o'sardines,
We'll set 'is perty alicht.
We aa ken fit Seterday means,
So, hae a fecht aricht, aricht, aricht. Woo.

Seterday, Seterday, Seterday.
Seterday, Seterday, Seterday.
Seterday, Seterday, Seterday nicht's aricht.
Seterday, Seterday, Seterday.
Seterday, Seterday, Seterday.
Seterday, Seterday, Seterday nicht's aricht.
Seterday, Seterday, Seterday.
Seterday, Seterday, Seterday.
Seterday, Seterday, Seterday nicht's aricht. Woo.

SHARK FIN SOUP FUR NORA
(by OkaySis)

Foo muckle loons ir actin strange,
Chasin i'quines fae up i'Grange?
Far wiz ye fan we wiz haein oor fly?
Slowly haikin roon i'toon, een o' green an sheen o' broon.
Far wiz ye fan we wiz haein oor fly?

Een day ye micht fun me cookin up at Llanbryde,
Makin shark fin soup fir Nora.
Een day ye micht fun me cookin up at Llanbryde,
Makin shark fin soup fir Nora. Shark fin soup fir Nora, an a pie.

Jist fa wist 'at wiz seen, howlin at i'meen i'streen?
Shoutin at aa i'fowk passin by.
Slowly haikin roon i'toon, een o' green an sheen o' broon.
Far wiz ye fan we wiz haein oor fly?

Een day ye micht fun me cookin up at Llanbryde,
Makin shark fin soup fir Nora.
Een day ye micht fun me cookin up at Llanbryde,
Makin shark fin soup fir Nora. Shark fin soup fir Nora.

Weel, maist fowk 'at Ah ken prefers daytime tae nicht time.
It's a rae sicht fan i'meen is bricht, an if we get weet fan it's dry
We divna ken fit wie. Wie, wie, wie, wie.

Foo muckle loons ir actin strange
Chasing the quines fae up i'Grange?
Far wiz ye fan we wiz haein oor fly?
Slowly haikin roon i'toon, een o' green an sheen o' broon.
Far wiz ye fan we wiz haein oor fly?

Een day ye micht fun me cookin up at Llanbryde,
Makin shark fin soup fir Nora.
Een day ye micht fun me cookin up at Llanbryde
Makin shark fin soup fir Nora. Shark fin soup fir Nora.

Weel, maist fowk 'at Ah ken prefers daytime tae nicht time.
It's a rae sicht fan i'meen is bricht, an if we get weet fan it's dry
We divna ken fit wie. Wie, wie, wie,wie.

Foo muckle loons ir actin strange,
Chasing the quines fae up i'Grange?
Far wiz ye fan we wiz haein oor fly?
We wiz haein oor fly, we wiz haein oor fly, we wiz haein oor fly.

SHIRE
(by Tak 'At)

Ye, yer sic a big gype tae me.
Yer feel an abiddy kin see.
Bit ye ken yer stuck in a rut an canna get oot.
Ah dinna ken fit 'ere is tae see,
Bit ah ken 'at naebiddy gies a hoot.
We're aa jist haikin alang,
Tryin tae figure it oot, oot, oot.

Dinna let onybiddy pit ye doon,
Fan ye kin hae it aa, ye kin hae it aa.

So, come awa, come awa, gie's a break.
Fit on earth ir ye waitin fur?
Ye kin set i'place on fire, aye, aye.
So, come awa, ye ken yer in i'richt place,
In i'shire. Yer in i'shire. In i'shire.

Fit? Fit are ye daen tae yersel?
Ye've got tae look efter yer health.
Ah ken that ye kin change.
So, clear yer heid an come roond.
Jist open up baith yer een,
Think aboot fit ye've jist seen,
Then ye micht feel gweed,
An maybe ye'll wint tae lach, lach, lach.

Dinna let onybiddy pit ye doon,
fan ye kin hae it aa, ye kin hae it aa.

So, come awa, come awa, gie's a break.
Fit on earth ir ye waitin fur?
Ye kin set i'place on fire, aye, aye.
So, come awa, ye ken yer in i'richt place,
In i'shire. Yer in i'shire. In i'shire.

Hey, div ye wint helpin? Yer aa that metters tae me.
Hey, div ye wint skelpin? Yer aa that metters tae me.

So, come awa, come awa, gie's a break.
Fit on earth ir ye waitin fur?
Ye kin set i'place on fire, aye,aye.
So, come awa, ye ken yer in i'richt place,
In i'shire. Yer in i'shire. In i'shire.

Hey, div ye wint helpin? Yer aa that metters tae me.
Hey, div ye wint skelpin? Yer aa that metters tae me.
Hey, div ye wint helpin? Yer aa that metters tae me.
(Jist come awa).
Och! Come awa wi' ye.
(See the smile on yer face. yer in yer place in i'Shire).
Smile richt intae ma face (Shire!).

SHOOGLY BOOZE
(by CK an i'Sometime Banned)

Quine, tae be wi' ye is ma favourite thing, och aye.
An Ah canna wait tae see ye eence mair. Och aye, ah-ha ah-ha.
Ah wint tae be on ma, ma, ma, ma, ma shoogly booze.
An ging an sing i'blues, aye.
Ah wint tae be on ma, ma, ma, ma, ma shoogly booze.
An ging an sing i'blues, ah-ha.

Ah wint tae sit oot fan i'sun comes oot, och aye.
Ah wint tae drink up an strut ma stuff, aye, aye.
Ah wint tae be on ma, ma, ma, ma, ma shoogly booze.
An ging an sing i'blues, aye.
Ah wint tae be on ma, ma, ma, ma, ma shoogly booze.
An ging an sing i'blues, ah-ha.

Och aye, noo, dinna faa doon.
Ah wint tae be on ma, ma, ma, ma, ma shoogly booze.
An ging an sing i'blues, aye.
Ah wint tae be on ma, ma, ma, ma, ma shoogly booze.
An ging an sing i'blues, ah-ha.
Ah wint tae be on ma, ma, ma, ma, ma shoogly booze.
An ging an sing i'blues, aye.
Ah wint tae be on ma, ma, ma, ma, ma shoogly booze.
An ging an sing i'blues, ah-ha.
Ah wint tae be on ma, ma, ma, ma, ma shoogly booze.
An ging an sing i'blues, aye.
Ah wint tae be on ma, ma, ma, ma, ma shoogly booze.
An be richt nixt tae you!

SHOOT
(by Woowoo an i'Covers)

Wee-eel, ye ken ye mak me wint tae shoot.
See, ma han's loupin. See, ma hert's poundin.
Fling ma heid back.
Come awa noo.

Dinna forget tae tak aim. Aye, dinna forget tae shoot.
Aye, aye, aye, aye, aye.

Say ye will, fling yer heid back, abiddy.
(Say ye will) Come awa, come awa.
(Say ye will) fling yer heid back, woo.
(Say ye will) Come awa, noo.

(Say) Say 'at ye love me. (Say) Say 'at ye need me.
(Say) Say 'at ye wint me. (Say) No gan tae leave me.

(Say) Come awa, noo. (Say) Come awa, noo.
(Say) Come awa, noo. (Say).

An Ah aye kin mind, fan ah yaist tae be aicht year aul.
Och aye, noo. Ah wiz aa ower ye, fae i'bottom o' ma sowl.
Noo, 'at's aul enuch, enuch tae ken.
Ye wint tae meet me, iviry noo an then.

Ah wint ye tae ken.
Ah said, Ah wint ye tae ken richt noo.
Ye've bin gweed tae me, noo.
Better than Ah've bin tae masel.
Ah dinna wint ye tae leave.
Ah'm shair 'at ye kin, aye ye kin tell.
Ah wint ye tae ken.
Ah said, Ah wint ye tae ken richt noo.

Ye mak me wint tae shoot.
Woo, shoot. Woo, shoot. Woo, shoot. Woo, shoot.

Aricht, aricht, aricht.
Tak it easy, tak it easy, tak it easy.
Aricht, aricht, aricht.

Hey, hey ,hey, hey (hey, hey, hey, hey).
Hey, hey ,hey, hey (hey, hey, hey, hey).
Hey, hey ,hey, hey (hey, hey, hey, hey).
Hey, hey ,hey, hey (hey, hey, hey, hey).

Shoot noo, loup up an shoot noo.
Abiddy shoot noo. Abiddy shoot noo.
Abiddy shoot, shoot, shoot,shoot, shoot ...

Weel, Ah feel aricht!

SHOOT
(by Greets Fur Geets)

Shoot, shoot, pit yer erms oot,
'At's fit ye dae fan ye guddle troot.
Come awa, Ah'm spikkin tae ye, come awa.

Shoot, shoot, pit yer erms oot,
'At's fit ye dae fan ye guddle troot.
Come awa, Ah'm spikkin tae ye, come awa.

In silent times, ye shouldna hae tae flog yer sowel.
In bleck an fite, they shouldna snarl an growl.

Those een track minds, they took ye fur a workin loon.
Kiss them guidbye,
Get yer heid up, stop lookin doon.
Get yer heid up, stop lookin doon (shoot, shoot).

Pit yer erms oot,
'At's fit ye dae fan ye guddle troot.
Come awa, Ah'm spikkin tae ye, come awa.

They gied ye life, bit noo they jist howl an wail.
So, shove on through,
An hope ye live tae tell i'tale.
An hope ye live tae tell i'tale (shout, shout).

Pit yer erms oot,
'At's fit ye dae fan ye guddle troot.
Come awa, Ah'm spikkin tae ye, come awa.

Shoot, shoot, pit yer erms oot,
'At's fit ye dae fan ye guddle troot.
Come awa, Ah'm spikkin tae ye, come awa.

Shoot, shoot, pit yer erms oot,
'At's fit ye dae fan ye guddle troot.
Come awa, Ah'm spikkin tae ye, come awa.

An fan ye've taken doon yer guard, if Ah cud chynge yer mind,
Ah'd really love tae brak yer hert.
Ah'd really love tae brak yer hert (shoot, shoot).

Pit yer erms oot,
'At's fit ye dae fan ye guddle troot.
(really love tae brak yer hert)
Come awa, Ah'm spikkin tae ye, come awa.

Shoot, shoot, pit yer erms oot,
'At's fit ye dae fan ye guddle troot.
Come awa, Ah'm spikkin tae ye, come awa.

SILLER FUR NITHIN
(by Fire Grates)

Ah wint ma - Ah wint ma STV.

Noo, check oot 'em yo-yos, 'at's i'wie ye dae it.
Ye play i'accordion on STV.
That's no workin, 'at's i'wie ye dae it.
Siller fur nithin an yer snacks fur free.

Noo, that's no workin, 'at's i'wie ye dae it.
Huddled igithir in a wee room.
Maybe get a blister on yer wee fingir,
Maybe get a blister on yer thoom.

We've got tae install microwave ovens,
Rig up a great muckle deep freeze.
We've got tae move some refrigerators,
We've got tae move big flat screen TVs.

Check i'wee gype wi' i'earring an mak up,
Ah wunner is 'at his ain hair?
Yon wee gype hiz got his ain private plane.
Yon wee gype is a millionaire.

We've got tae install microwave ovens,
Rig up a great muckle deep freeze.
We've got tae move some refrigerators,
We've got tae move big flat screen TVs.

We've got tae install microwave ovens,
Rig up a great muckle deep freeze.
We've got tae move some refrigerators,
We've got tae move big flat screen TVs.

Ah should hae learnt tae play accordion,
Ah should he learnt fiddle an aa.
Look at them aa poncin aboot.
They're aa queer, Ah've got nae doot.
My, div they look braw?

An spy 'em aa noo, jynin a ceilidh band.
Bangin on i'drums jist like a chimpanzee.
That's no workin, 'at's i'wie ye dae it.
Siller fur nithin an yer snacks fur free.

We've got tae install microwave ovens,
Rig up a great muckle deep freeze.
We've got tae move some refrigerators,
We've got tae move big flat screen TVs.

Wise up.

Noo, that's no workin, 'at's i'wie ye dae it.
Ye play i'accordion on STV.
That's no workin, 'at's i'wie ye dae it.
Siller fur nithin an yer snacks fur free.

Siller fur nithin an yer snacks fur free.
Get yer siller fur nithin an yer snacks fur free.
Siller fur nithin an yer snacks fur free.
Get yer siller fur nithin an yer snacks fur free.

Siller fur nithin an yer snacks fur free.
Get yer siller fur nithin, get yer snacks fur free.
Get yer siller fur nithin, get yer snacks fur free.
Get yer siller fur nithin, get yer snacks fur free.

Check it oot, check it oot.

Ah wint ma - Ah wint ma - Ah wint ma STV.

Get yer siller fur nithin an yer snacks fur free.
(Ah wint ma - Ah wint ma - Ah wint ma STV).
Siller fur nithin, snacks fur free.
(Ah wint ma - Ah wint ma - Ah wint ma STV).
Get yer siller fur nithin an yer snacks fur free.
(Ah wint ma - Ah wint ma - Ah wint ma STV).
Get yer siller fur nithin an yer snacks fur free.
(Ah wint ma - Ah wint ma - Ah wint ma STV).

Easy, easy siller fur nithin, easy, easy snacks fur free.
(Ah wint ma - Ah wint ma - Ah wint ma STV).
Easy, easy siller fur nithin, snacks fur free.
(Ah wint ma - Ah wint ma - Ah wint ma STV).

That's no workin.

Siller fur nithin, snacks fur free.
Siller fur nithin, snacks fur free.

SOME FINE SOUP FUR NAN
(by Dan O'Fann)

Sunshine cam saftly throu ma windae i'day.
Maks a rare chynge fae i'skies bein a dull grey.
It'll tak time, bit Ah ken 'at in a file,
Yer gan tae be mine, Ah ken it. We'll dae it in style.
Cause ah've mad ma mind up yer gan tae be mine.

Ah'll tell ye richt noo,
Ony trick in i'book ye gie me, Ah ken 'em aa fine.
Abiddy's hustlin me jist tae hae a wee scene.
Fan Ah say we'll be cool, Ah think 'at ye ken fit ah mean.
Ah've biled up i'ingins, tatties an i'lentils an peas.
Ah've mad some fine soup, it's fur Nan if ye please.
Ye kin gie's a han seein yer gan tae be mine.

Hmm, hmm, hmm, hmm, hmm.

Ah'll tak yer han an slowly blaw yer tiny wee mind.
Cause ah've mad ma mind up yer gan tae be mine.
Ah'll tell ye richt noo,
Ony trick in i'book ye gie me, Ah ken 'em aa fine.

Superman is Clark Kent, an we kent Kent aa alang.
An Batman is Bruce Wayne, unless Ah've got it wrang.
Superheroes jist canna mak soup hauf gweed as me.
Bacon gings wi' lentils, quinie, an ham gings wi' pea.
Then ye'll mak yer mind up yer gan tae be mine.
Ah'll tak yer han an slowly blaw yer tiny wee mind.
Fan ye've mad yer mind up yer gan tae be mine.

Ah'll tak up yer han.
Ah'll tak up yer han.

SOUP AN GROUPER
(by Baba)

Soup an grouper, beans alang wi' fried rice,
Bit Ah'll no feel ill, Ah'll be ettin still,
Cause Ah'm here till Ah've haen ma fill.

Ah wiz seek i'lest time Ah wiz here,
Fan we bade doon in Glesga yon nicht.
Ah wisna hauf knockin back i'beer,
Min, Ah'll bet ye Ah lookit a richt sicht.
(Ah'll bet ye Ah lookit a richt sicht)
Bit, ye ken Ah'm richt gled tae be back here.
(Richt gled tae be back here)
An noo, Ah'm stuffin ma face.
(Noo, 'is time it's gan tae be)
'Is time it's gan tae be different,
Ah am gan tae lest i'pace.

I'nicht Ah've soup an grouper. 'At's fit's on i'menu.
Foo kin Ah feel bad? (soup-pa-pa, group-pa-pa)
Foo kin Ah feel sad? (soup-pa-pa, group-pa-pa)
It fair keeps me fae gingin mad.
I'nicht Ah've soup an grouper. Tumbler o' iron brew,
Wi' a floory bap. (soup-pa-pa, group-pa-pa)
Feel Ah've reached i'tap, (soup-pa-pa, group-pa-pa)
An efter 'at Ah'll hae a nap.

Fit kin o' soup hae we got i'day?
Ah hope it's no minestrone.
Ir there tatties wi' ma grouper?
Or wilt be biled macaroni?
(Cheese is best wi' macaroni)
There ir days fan Ah kin ett ony fish at aa.
(jist ony fish at aa)
Bit, Ah fancy trout or plaice.
(Maybe sea bass or a dace)
'Is time it's gan tae be different,
Ah am gan tae lest i'pace.

I'nicht Ah've soup an grouper. 'At's fit's on i'menu.
Foo kin Ah feel bad? (soup-pa-pa, group-pa-pa)
Foo kin Ah feel sad? (soup-pa-pa, group-pa-pa)
It fair keeps me fae gingin mad.
I'nicht Ah've soup an grouper. Tumbler o' iron brew,
Wi' a floory bap. (soup-pa-pa, group-pa-pa)
Feel Ah've reached i'tap, (soup-pa-pa, group-pa-pa)
An efter 'at Ah'll hae a nap.

So, Ah'll be 'ere fan ye arrive.
Ah'll clear ma plate an show ye 'at Ah kin survive.
An fan ye tak me in yer erms an haud me ticht.
Ye ken Ah'm gonna hae a bosker nicht.

I'nicht Ah've soup an grouper. 'At's fit's on i'menu.
Foo kin Ah feel bad? (soup-pa-pa, group-pa-pa)
Foo kin Ah feel sad? (soup-pa-pa, group-pa-pa)
It fair keeps me fae gingin mad.
I'nicht Ah've soup an grouper. Tumbler o' iron brew,
Wi' a floory bap. (soup-pa-pa, group-pa-pa)
Feel Ah've reached i'tap, (soup-pa-pa, group-pa-pa)
An efter 'at Ah'll hae a nap.

'At's fit's on i'menu.
Foo kin Ah feel bad? (soup-pa-pa, group-pa-pa)
Foo kin Ah feel sad? (soup-pa-pa, group-pa-pa)
It fair keeps me fae gingin mad.

Tumbler o' iron brew,
Wi' a floory bap. (soup-pa-pa, group-pa-pa)
Ah ken Ah've reached i'tap, (soup-pa-pa, group-pa-pa)

STAYIN TILL FIVE
(by i'Gee Bees)

Weel, ye kin tell by i'wie Ah walk aboot,
Ah'm a cheerie loon, 'ere is nae doot.
Music lood an bonnie quines,
Ah've deen it aa, an peyd ma fines.
An noo it's aricht, fine by me,
If ye say tay an Ah say tea.
Dinna baather tryin tae scupper,
Ma femily comin roon fur supper.

If Ah bring ma brithir or if Ah tak ma mithir,
We're stayin till five, stayin till five.
Ah kin feel yer hert brakin, see 'at ye ir shakin,
Bit, we're stayin till five, stayin till five.
Aye, aye, aye, aye, stayin till five, stayin till five.
Aye, aye, aye, aye, stayin till five.

Ah kin joog doon low an loup up high,
Jist as lang as Ah kin hae ma fly.
Ah'm partial tae a funcy piece,
An so's ma nephew and ma wee niece.
An noo it's aricht, fine by me,
Ah'll be roon aboot hauf past three.
Dinna baather tryin tae scupper,
Ma femily comin roon fur supper.

If Ah bring ma brithir or if Ah tak ma mithir,
We're stayin till five, stayin till five.
Ah kin feel yer hert brakin, see 'at ye ir shakin,
Bit, we're stayin till five, stayin till five.
Aye, aye, aye, aye, stayin till five, stayin till five.
Aye, aye, aye, aye, stayin till five (Och).

Ah'm gan naewie, somebiddy feed me,
Fling me ower a bun, aye.
Ah'm gan naewie, somebiddy feed me, aye.
Ah'm haein fun.

Weel, ye kin tell by i'wie Ah walk aboot,
Ah'm a cheerie loon, 'ere is nae doot.
Music lood an bonnie quines,
Ah've deen it aa, an peyd ma fines.
An noo it's aricht, fine by me,
If ye say tay an Ah say tea.
Dinna baather tryin tae scupper,
Ma femily comin roon fur supper.

If Ah bring ma brithir or if Ah tak ma mithir,
We're stayin till five, stayin till five.
Ah kin feel yer hert brakin, see 'at ye ir shakin,
Bit, we're stayin till five, stayin till five.
Aye, aye, aye, aye, stayin till five, stayin till five.
Aye, aye, aye, aye, stayin till five.

Ah'm gan naewie, somebiddy feed me,
Fling me ower a bun, aye.
Ah'm gan naewie, somebiddy feed me, aye.
Ah'm haein fun.

Ah'm gan naewie, somebiddy feed me,
Fling me ower a bun, aye. (woo hoo)
Ah'm gan naewie, somebiddy feed me, aye.
Ah'm haein fun.

Ah'm gan naewie, somebiddy feed me,
Fling me ower a bun, aye. (michty aye)
Ah'm gan naewie, somebiddy feed me, aye.
Ah'm haein fun.

SUMMER AA I'DAY
(by Quiff Pilchard)

Gweed weathir i'noo, it's bin summer aa i'day.
Naebiddy yolkit fur an oor or twa.
Abiddy loves it fan it's summer aa i'day.
Nae mair worries fur us at aa, fur an oor or twa.

We're gled tae see i'sun shinin bricht.
An nice tae see i'sea bein blue.
We've seen it in i'pictirs,
Bit we dinna ken if it wiz true.

Abiddy likes tae see summer aa i'day.
Daein things they nivir thocht they wid.
So jist lay back fur it's summer aa i'day.
An dae fitivir ye wished ye hid, even ettin a squid.

We're gled tae see i'sun shinin bricht.
An nice tae see i'sea bein blue.
We've seen it in i'pictirs,
Bit we dinna ken if it wiz true.

Abiddy likes tae see summer aa i'day.
Daein things they nivir thocht they wid.
So jist lay back fur it's summer aa i'day.
An dae fitivir ye wished ye hid,
Fur an oor or twa.
Nae worries at aa.
I'rain's gan awa.

SWEET CHEEL O' MINE
(by Rifles 'n' Tulips)

She's got a smile an it seems tae me,
Minds me foo happy childhood kin be.
Far ivirythin wiz fresh fan ye wir a wee geet.
Noo an then fan Ah see her face,
She taks me awa tae 'at special place.
An if Ah stare ower lang, Ah'd maist likely brak doon an greet.

Woo, oo-hoo,
Sweet cheel o' mine.
Woo, oo-oo-hoo,
Sweet love o' mine.

She's got een o' i' bonniest green,
I'best ye've ivir seen.
Ah'd hate tae look intae them braw een an see ony pain.
Her heid's fu' o' hair, fine, curly an fair.
Ah miss her fan she's no there.
An Ah long fur i'day, fan Ah kin say, Ah'm seein her again.

Woo, oo-hoo,
Sweet cheel o' mine.
Woo, oo-oo-hoo,
Sweet love o' mine.

Woo, aye.
Woo, oo-hoo-oo,
Sweet cheel o' mine.
Woo, oo-oo-hoo,
Sweet love o' mine.
Woo, oo-hoo-oo,
Sweet cheel o' mine.
Woo, aye.
Sweet love o' mine.

Far div we ging?
Far div we ging noo?
Far div we ging?
Oo-hoo, far div we ging?
Far div we ging noo?
Far div we ging (sweet cheel)?
Far div we ging noo?
Aye, aye, aye, aye, aye, aye, aye, aye.
Far div we ging noo?
Ah-ha.

Far div we ging noo?
Och, far div we ging noo?
Och, far div we ging?
Och, far div we ging noo?
Och, far div we ging?
Och, far div we ging noo?
Noo, noo, noo, noo, noo, noo.
Sweet cheel.
Sweet cheel o' mine.

SWEETCORN AN LIME
(by Feel Emerald)

Far it stertit, Ah canna begin tae tell ye.
Bit Ah jist ken 'at Ah'm no wrang.
Wiz in i'spring, then it became i'summer?
Fa'd hae believed ye'd come alang.

Hauns, touchin hauns.
Reachin oot, touchin me, touchin ye.

Sweetcorn an lime. Gweed food nivir seemed sae gweed.
Ah've bin inclined tae believe 'at's fit Ah need.
Bit noo,

Look at i'nicht an it disna seem ower lonely.
We filt it up wi' only twa.
An fan it hurt, it jist ran aff ma shooder,
Weel, Ah only hurt fan Ah faa.

Een, touchin een.
Reachin oot, touchin me, touchin ye.

Sweetcorn an lime. Gweed food nivir seemed sae gweed.
Ah've bin inclined tae believe 'at's fit Ah need.
Ach, na, na.

Sweetcorn an lime. Gweed food nivir seemed sae gweed.
Sweetcorn an lime. Ah believe 'at's fit Ah need.
Sweetcorn an lime. Gweed food nivir seemed sae gweed.

TACKITY BEETS
(by Elmer Parsley)

Weel, it's een fur i' siller, twa fur i' ring,
Three tae git riggit, noo ging loon ging,
bit dinna tramp on ma tackity beets.
Weel, ye kin dae onythin,
Bit lay aff ma tackity beets.

Weel ye kin caa me ower, punch ma face,
Tell yer tales aboot me aa ower the place.
Dae onythin, you an yer geets,
Bit och aye, lay aff o' yon beets.
Na, dinna tramp on ma tackity beets.
Weel, ye kin dae onythin,
Bit lay aff ma tackity beets.

Ye can burn ma hoose, pinch ma car,
Drink ma fusky fae an aul jeely jar.
Dae onythin, you an yer geets,
Bit och aye, lay aff o' yon beets.
Na, dinna tramp on ma tackity beets.
Weel, ye kin dae onythin,
Bit lay aff ma tackity beets.

Weel, it's een fur i' siller, twa fur i' ring,
Three tae git riggit, an ging, ging, ging,
Bit dinna tramp on ma tackity beets.
Weel, ye kin dae onythin,
Bit lay aff ma tackity beets.
Tack, tack, tackity beets.
Tack, tack, tackity beets.
Ye kin dae onythin,
Bit lay aff ma tackity beets.

TAK AFF TAE I'LOO
(by Bingo Stark)

Tak aff tae i'loo, Ah said,
Tak aff tae i'loo, come awa,
Tak aff tae i'loo, i'noo.

Tak aff tae i'loo, Ah said,
Fit div ye think yer gonna dee?
Kin ye no haud in yer pee?

Wakin up an shak yer heid,
Stop pretendin 'at yer deid,
Act like yer big an no wee.

Get yer act igithir noo,
Or ye'll be in a hurry,
Tae fun i'nearest toilet
fan ye've bin ettin curry.

Tak aff tae i'loo, Ah said,
Tak aff tae i'loo.
Nae mair vindaloo,
Jist stick tae Rhona's rabbit stew,
An a tattie or twa in aa.

Tak aff tae i'loo, Ah said,
Tak aff tae i'loo, come awa,
Tak aff tae i'loo, i'noo.

TAK ME BACK TAE MACDUFF
(by Ned Shearer wi' Squallzy)

Bus comin back fae i'Isle o' Skye,
Watchin aa i'sheep ging by.
We've nae bin doon i'pub fur a file,
So tak me back tae Macduff (aye).

Ah've deen some deals wi'oot bein rippit aff (rippit aff).
Selt some stuff 'at wiz gie naff (gie naff).
Kent loons 'at wint aboot in gangs (gangs).
Far Ah'm fae naebiddy sings sangs (fit?).
Far Ah'm fae we hid buttons no a zip,
Ye took care no tae let 'em slip (slip).
Ah dinna ging tae posh places (places),
Unless Ah am wearin braces.

Ah dinna dae online shop, it is ower i'top.
Ah'm far ower smert to dae ma shop 'at wie.
Ah bocht an app bit it's a big flop.
Ah'm smerter than maist, an tend tae get high.
Ah'm smerter than (smerter), yer average guy.
Leave ye weet like ye took a dook.
Ye wir yungir then bit noo we're auler.
Macduff loons, dinna mind it cauler. Ah'm awa.

It's 'at time (oooh).
Big Jock an Jimmy workin i'grime (oooh).
Ah wint tae try neu stuff, bit they jist wint me tae sing.
Naebiddy thinks Ah kin scrieve a rhyme (woop).
An noo Ah'm back in i'bar feelin dry.
See's a baggie o' crisps wi' ma pint.
Ah look ma freens up, ging richt tae i'pub.
Fur Ah hivna been hame fur some time, aye.

Bit it's ma fault (oooh).
Did ye see i'bill fur oor last bus tour? (oooh)
Aye, ah'm no kiddin. Fit wie wid Ah lee? (oooh)

Bit Ah'm gan back on i'track wi' some freens (Wooo).
They say, jist nivir get aff yer high horse.
If ye dae, yer croon'll faa, of coorse.
Ah've bin awa fur a file, trevelt a million miles,
Bit ah'm headin back tae Macduff, aa smiles.

Bus comin back fae i'Isle o' Skye (o'Skye),
Watchin aa i'sheep ging by (boop boop).
We've nae bin doon i'pub fur a file (fur a file),
So tak me back tae Macduff.
Fa's high, Fit nicht? Feelin low.
Jist dee fit fowk dee, play i' game (play i'game).
Bit, nae toon diz it like ma hame.
So tak me back tae Macduff (aye).

Fan Ah squeeze an scrieve wi' 'is pen o' mine.
Dinna ken fit's in ma heid hauf i'time.
Waitin fur inspiration, just a wee sign.
Ye think Ah'm singin fan Ah'm daein a mime.
Playin at stadiums, crowds o' aliens.
Nae mair London Palladiums.
Ah got a bran neu guitar tae play wi' noo,
Nae mair buskin at a Union Street bus queue.

Bit, Ah wint tae flow, get some sowel,
Dae ma thing at i'Hollywid Bowel.
Dinna need gypes on ma mobile phone.
That's shair tae mak me moan an groan.
It's i'wie things ging, lucky ah kin sing.
Grime or rap, Ah kin dae athing.
Took 'is soun fit wiz mad in Oyne,
Noo 'ere's anithir side tae i'coin.

Mony years ago in an aul chuntry pub,
Ah said, in twa years we'll be seek o' 'is grub.
An ye'll greet yer hert oot till ye reach i'top,
Bit 'en i'problem is kennin fan tae stop.
Cause ye kin win awards (it disna stop),
An reap aa i'rewards (reach i' top),

Bit fan yer miles awa, things ir no jist i'same.
Ye've got tae mind 'at there's nithin like bein at hame.

Bus comin back fae i'Isle o' Skye,
Watchin aa i'sheep ging by.
We've nae bin doon i'pub fur a file,
So tak me back tae Macduff (aye).
Fa's high, Fit nicht? Feelin low.
Jist dee fit fowk dee, play i' game (play i'game).
Bit, nae toon diz it like ma hame.
So tak me back tae Macduff.
So tak me back tae Macduff.

TAK ON ME
(by O-ho)

We're spikkin awa.
Ah dinna ken fit ye think ye saw.
Wiz it a scary sicht?
It's jist anithir day tae fun ye,
Coorin awa.
Ah'll be comin fur yer love, aricht?

Tak on me (tak on me). Tak on me (tak on me).
Ah'll be awa, in a day or twa.

So, needless tae say,
Ah canna stay.
Wandrin day an nicht,
Slowly learnin 'at life is aricht.
Dinna worry,
It's aye better tae be safe than sorry.

Tak on me (tak on me). Tak on me (tak on me).
Ah'll be awa, in a day or twa.

O' aa i'thing ye spik,
Ah'm here noo an,
Ah'll no be comin back nixt wik.
Yer aa i'things Ah've got tae mind on.
Yer coorin awa,
Bit, it wiz really me fit ye saw.

Tak on me (tak on me). Tak on me (tak on me).
Ah'll be awa, in a day or twa.

Ah'll be awa (tak on me).
In a day (tak on me, tak on me).
(Tak on me, tak on me).
(Tak on me, tak on me).
(Tak on me).

TAM FOWLIE
(by Donny Lonegan)

Hing doon yer heid, Tam Fowlie.
Hing doon yer heid in shame.
Hing doon yer heid, Tam Fowlie.
Peer loon ye'll nivir get hame.

Ah met her up i'hillie. That's far ah took her life.
Ah met her up i'hillie. Stabbit her wi' ma knife.

Hing doon yer heid, Tam Fowlie.
Hing doon yer heid in shame.
Hing doon yer heid, Tam Fowlie.
Peer loon ye'll nivir get hame.

Aboot 'is time i'morn, Ah reckon far Ah'd be.
If it wisna fur them polis, Ah'd be at i'Linn o' Dee (ah weel noo).

Hing doon yer heid, Tam Fowlie.
Hing doon yer heid in shame.
Hing doon yer heid, Tam Fowlie.
Peer loon ye'll nivir get hame. (ah weel noo).
Hing doon yer heid, Tam Fowlie.
Hing doon yer heid in shame.
Hing doon yer heid, Tam Fowlie.
Peer loon ye'll nivir get hame.

Aboot t'is time i'morn, Ah reckon far Ah'll be.
Sittin in a prison cell, waitin 'ere until Ah dee.

Hing doon yer heid, Tam Fowlie.
Hing doon yer heid in shame.
Hing doon yer heid, Tam Fowlie.
Peer loon ye'll nivir get hame. (ah weel noo).
Hing doon yer heid, Tam Fowlie.
Hing doon yer heid in shame.
Hing doon yer heid, Tam Fowlie.

Peer loon ye'll nivir get hame.
Peer loon ye'll nivir get hame.
Peer loon ye'll nivir get hame.
(Peer loon ye'll nivir get hame).

THEME FAE NEW DEER, NEW DEER
(by Frunk Skinatter)

Stert spreadin i' muck,
Ah'm plooin i'day.
Ah wint tae be a pert o' it,
New Deer, New Deer.
These nippit neu sheen,
Are fair needin tae stray,
An mak a bran new stert o' it,
New Deer, New Deer.
Ah wint tae wak up in park 'at's fu' o' neep,
An fun ah'm King o' i'hillie, tap o' i'heep.
These wee village greens,
Ir meltin awa.
Ah'll mak a bran new stert o' it,
New Deer, New Deer.
If Ah kin mak it there, Ah kin mak it onywhere,
It's up to ye New Deer, New Deer.

Aye, these wee village greens,
Ir meltin awa.
Ah'll mak a bran new stert o' it,
New Deer, New Deer.
If Ah kin mak it there, Ah kin mak it onywhere,
It's up to ye New Deer, New Deer.

THESE BEETS IR MAD FUR HAIKIN
(by Nuncy Skinatter)

Ye keep sayin 'at ye've got somethin fur me.
Somethin ye caa love, bit Ah confess,
Ye've bin muckin far ye shouldna be muckin.
Noo, somebiddy else kens yer address.

These beets ir mad fur haikin, an 'at's jist fit they'll dee.
Een o' these days ma beets are gonna trample ye, ye'll see.

Ye keep leein instead o' spikkin i'truth.
An ye keep lossin fan ye shouldna bet.
Ye bide i' same fan ye should be changin.
An fit's richt is richt, bit yer no aricht yet.

These beets ir mad fur haikin, an 'at's jist fit they'll dee.
Een o' these days ma beets are gonna trample ye, ye'll see.

Ye keep playin far ye shouldna be playin,
An ye keep thinkin 'at ye'll nivir get feart (och).
Ah've just fun me a bran new set o' weapons (aye),
So, cam near me an prepare tae be speart.

These beets ir mad fur haikin, an 'at's jist fit they'll dee.
Een o' these days ma beets are gonna trample ye, ye'll see.

Ir ye richt, beets? Stert haikin!

TICKERS
(by Caulgame)

I'lichts ging oot an Ah canna be saved.
Ah've tried tae sweem agin i'tide.
Ah've offen sunk doon on ma knees.
Tryin tae get back far Ah bide.
Somehoo or ithir Ah succeed.
Knock an aipple aff ma heid.
Tell William 'at he's no tae blame.
Ah'm jist tryin tae get back hame.

Singin, ye ir, ye ir.

Ah feel Ah've come oot o' ma box.
I'room is fu' o' tickin clocks.
Aa Ah wint tae dae is ging hame.
Ah'm seek fed up o' playin 'is game.
Aa day Ah pech an pant an wheeze,
Turn ma face intae i'breeze.
Lookin aboot tae fun a cure,
Or is it jist ma ain disease?

Singin, ye ir, ye ir.
Ye ir, ye ir. Ye ir, ye ir.

An nithin else compares.
Na, nithin else compares.
Jist nithin else compares.

Ye ir, ye ir.

Hame, hame - far Ah wint tae ging.
Hame, hame - far Ah wint tae ging.
Hame, hame - far Ah wint tae ging.
Hame, hame - far Ah wint tae ging.

TREVELLIN LICHT
(by Quiff Pilchard)

Ah've got nae bags an luggage tae slow me doon,
Ah'm trevellin 'at fest Ah'll seen be intae i'toon.
Trevellin licht. Trevellin licht.
Weel, Ah jist canna wait tae be wi' ma quinie i'nicht.

Nae comb an nae toothbrush,
Ah got nithin tae bring.
Ah'm kerryin only a pooch fu' o' dreams,
A hert fu' o' love, an they dinna weih a thing.

Seen Ah'm gonna see 'at love look in her een.
Tell her she's i'bonniest quine Ah've ivir seen.
Trevellin licht. Trevellin licht.
Weel, Ah jist canna wait tae be wi' ma quinie i'nicht.

Nae comb an nae toothbrush,
Ah got nithin tae bring.
Ah'm kerryin only a pooch fu' o' dreams,
A hert fu' o' love, an they dinna weih a thing.

Seen Ah'm gonna see 'at love look in her een.
Haikin wi' her by i'licht o' i'silvery meen.
Trevellin licht. Trevellin licht.
Weel, Ah jist canna wait tae be wi' ma quinie i'nicht.

TURTLE BRAIN
(by i'twat formerly kent as Mince)

Ah nivir meant tae cause ye ony sorrow,
Ah wintit tae bring sunshine an no rain.
Ah only wintit een time tae see ye lachin,
Bit didna wint tae see ye, lachin at i'turtle brain.

Turtle brain. Turtle brain,
Turtle brain. Turtle brain,
Turtle brain. Turtle brain,
Ah wish 'at there wid be nae mair,
O' that affa turtle brain.

Ah nivir wintit tae sweem in i'ocean,
Ah only wintit tae paddle in i'sea.
An wi' aa 'at sealife sweemin roon an roon,
It's a wunner athin avoided me.

Turtle brain. Turtle brain,
Turtle brain. Turtle brain,
Turtle brain. Turtle brain,
Ah wish 'at there wid be nae mair,
Nae mair o' 'at turtle brain.

Quine, Ah ken, Ah ken, Ah ken athin's changin.
It's noo time tae reach oot, fur somethin new, an dae it i'noo.

Ye say ye wint tae be lead, cause ye canna mak up yer mind again.
Maybe yer thinkin ower muckle, Ah've ayewiz said ye hid a turtle brain.

Turtle brain. Turtle brain,
Turtle brain. Turtle brain,
If ye ken fit Ah'm singin aboot iday,
Pit yer haun up.

Turtle brain. Turtle brain, Ah only wint tae see ye,
Only wint tae see ye, wi' a turtle brain.

TWA THOOSAN LICHT YEARS FAE HAME
(by i'Rowlin Steens)

Sun spinnin roon in bonnie motion.
We're settin affa wi' saft explosion.
Pyntit at a star wi' a firey ocean.
It's sae affa lonely, yer a hunert licht years fae hame.

Planets whiz by at sic a rate.
Hope Ah mynt tae shut i'gairden gate.
It's sae affa lonely, yer fower hunert licht years fae hame.

It's sae affa lonely, yer a thoosan licht years fae hame.
It's sae affa lonely, yer a thoosan licht years fae hame.

We're at Planet X an noo kin land,
On a freezin reed desert, safe touchin doon on i'sand.
It's sae affa lonely, yer twa thoosan licht years fae hame.
It's sae affa lonely, yer twa thoosan licht years fae hame.

UPSIDE DOON
(by Dana Russ)

Ah said, upside doon, yer turnin me.
Yer gein me love instinctively,
Aroon an roon yer turnin me.

Upside doon, hey, ye turn me.
Inside oot, an roon an roon.

Upside doon, hey, ye turn me.
Inside oot, an roon an roon.

Instinctively ye gie tae me, i'love fit ah need.
Ah love iviry meenit wi' ye. An fit Ah'd like tae say tae ye,
Ah dinna wint ye cheatin, fur 'at wid mak me ging aff ma heid.

Upside doon, hey, ye turn me.
Inside oot, an roon an roon.

Upside doon, hey, ye turn me.
Inside oot, an roon an roon.

Ah ken ye've got charm an appeal. Ye mist think 'at Ah'm feel,
Jist because ah wint ye fur mine.
As lang as i'sun continues tae shine, ye'll ayewiz be inside ma hert.
That's i'bottom line.

Upside doon, hey, ye turn me.
Inside oot, an roon an roon.

Upside doon, hey, ye turn me.
Inside oot, an roon an roon.

Instinctively ye gie tae me, i'love fit ah need.
Ah love iviry meenit wi' ye. An fit Ah'd like tae say tae ye,
Ah dinna wint ye cheatin, fur 'at wid mak me ging aff ma heid.

Upside doon, hey, ye turn me.
Inside oot, an roon an roon.

Upside doon, hey, ye turn me.
Inside oot, an roon an roon.

Upside doon, hey, ye turn me.
Inside oot, an roon an roon.

Upside doon, yer turnin me.
Yer ge'in me love instinctively,
Aroon an roon yer turnin me.
Please show some respect fur me.

Upside doon, yer turnin me.
Yer ge'in me love instinctively,
Aroon an roon yer turnin me.
Please show some respect fur me.

Upside doon, yer turnin me.
Yer ge'in me love instinctively,
Aroon an roon yer turnin me.

UPTICHT (ATHIN'S ARICHT)
(by Stewie Blunder)

Quinie, athin is aricht, upticht, oot o' sicht.
Quinie, athin is aricht, upticht, oot o' sicht.

I'm a puir man's loon, fae i'wrang end o' i'toon.
Ma sark tail is ayewiz hingin doon.
Bit, Ah'm i'envy o' abiddy, ye see.
Since Ah'm i'aipple o' ma quine's ee.
Fan we ging oot intae i'toon fur a file.
Ma siller's spent an ma cleys hiv nae style.
Bit it's aricht if ma cleys irna neu.
Ah'm sic a sicht, bit ma hert is true.

She says, hey min, athin is aricht, upticht, oot o' sicht.
Hey min, athin is aricht, upticht, weel oot o' sicht.

She's a gem o' a quine, an 'at's fit abiddy says.
Fan she's 'ere, intae her een Ah gaze.
She should be at i'heid o i'parade.
She's a real fine quine, 'at's fit abiddy said.
She says 'at naebiddy's better than me.
So, ah'm happy as kin be.

Ah'm nae fitba player or referee.
Nae siller, nae future, bit she still wints me.
Canna afford tae gie her a special treat,
Bit Ah'd nivir ivir mak ma quinie greet.
An it's aricht, fit ah kin dae,
Oot o' sicht. Weel, fit mair kin ah say?

She says, hey min, athin is aricht, upticht, clean oot o' sicht.
Hey min, athin is aricht, upticht, clean oot o' sicht.
Hey min, athin is aricht, upticht, clean oot o' sicht.
Hey min, athin is aricht, upticht, clean oot o' sicht.
Hey min, athin is aricht, upticht, clean oot o' sicht.

UPTOON QUINE
(by Silly Noel)

Uptoon quine, she's been livin in her world sae fine.
Ah bet she nivir saw a backstreet loon.
Ah bet her mithir said he'd drag her doon.

Ah'm gan tae try fur an uptoon quine.
She if she fits intae 'is world o' mine.
As lang as onybiddy wi' het bleed kin,
An noo Ah'll open up an let her in.
Och aye, hey min!

An fan she kens fit she wints fae her time.
An fan she waks up an maks up her mind.

She'll see Ah'm nae sae feel, jist because,
Ah'm in love wi' an uptoon quine.
Ye ken Ah've seen her in her uptoon world.
'Em high class loons ir makin her tired.
If Ah'd ma wie Ah'd hae 'em aa fired.
An hae me hired.
Oh, oh, oh oh.
Oh, oh, oh oh.
Oh, oh, oh oh.
Oh, oh, oh oh.

Uptoon quine, Ah kin ill afford tae buy her denner.
Bit maybe someday fan Ah hae a pools win,
She'll unnerstaun fit kind o' loon Ah've bin.
An then Ah'll grin.

An fan she's haikin, she's lookin sae fine.
An fan she's spikkin, she'll say 'at she's mine.
She'll say Ah'm no sae feel,
Jist because ah'm in love wi' an uptoon quine.
Ye ken 'at Ah wid nivir pit her doon,
An noo she's sikkin oot a doontoon loon.

'At's fit Ah am.
Oh, oh, oh oh.
Oh, oh, oh oh.
Oh, oh, oh oh.
Oh, oh, oh oh.

Uptoon quine, she's ma uptoon quine.
Ye ken ah'm in love wi' an uptoon quine.
Ma uptoon quine.
Ye ken ah'm in love wi' an uptoon quine.
Ma uptoon quine.
Ye ken ah'm in love wi' an uptoon quine.
Ma uptoon quine.
Ye ken ah'm in love wi' an uptoon quine.

URANIUM
(by Javid Glue Wetter wi' Sari)

Ye shout it oot, bit, Ah canna hear a word ye say.
Ah'm spikkin loud, nae sayin muckle.

Ye shout it oot, bit, Ah canna hear a word ye say.
Ah'm spikkin loud, nae sayin muckle.
Ah'm cut tae size, bit Ah dinna get in i'road.
Watch me noo, or Ah'll explode.

Radiation, dangerous rays. Bombs awa, bombs awa.
Watch oot fur ma core decays. Bombs awa, bombs awa.

Ye pit me doon, bit Ah winna faa. Ah am uranium.
Ye pit me doon, bit Ah winna faa. Ah am uranium.

Cut me doon, bit it's ye, fa's got further tae faa.
Ghost toon an haunted love, spikkin lood, sticks an steens,
Kin brak ma beens.
Ah'm spikkin loud, nae sayin muckle.

Radiation, dangerous rays. Bombs awa, bombs awa.
Watch oot fur ma core decays. Bombs awa, bombs awa.
Ye pit me doon, bit Ah winna faa. Ah am uranium.
Ye pit me doon, bit Ah winna faa. Ah am uranium.

UTTER PLEASURE
(by Quine an Rabid Towie)

Pleasure.
Pushin doon on me,
Pressin doon on ye. Fit ye askin fur?
Utter pleasure - burnin buildins doon.
Splits yer femily in twa,
Pits fowk oot on i'street.
We're aa feart o' kenin fit 'is is aboot.
Watchin some guid freens screamin nae doot.
Ah hope i'morn gets me higher,
Pleasure wi' fowk, fowk in i'roadie.

Kickin aboot till ye feel yer gan insane.
These ir i'days fan ye get caught in i'rain.
Fowk in i'street, fowk in i'street,
We're aa feart o' kenin fit 'is is aboot.
Watchin some guid freens screamin nae doot.
Ah hope i'morn gets me higher.
Pleasure wi' fowk, fowk in i'roadie.

Turned awa fae it aa like a feel gype,
Sittin on a fence disna work.
Keep comin oot wi' stuff that's no richt or wrang.
Foo? Foo? Foo? Fun.

Mad fowk lach at i'pleasure we're haein.
Kin we gie oorsels een mair chance?
Kin we gie fun een mair chance?
Foo kin we no hae fun?

Cause fun's jist anithir word fur pleasure,
An ye may dare tae care fur.
I'fowk 'at ye see iviry nicht,
An ye may dare tae care aboot,
Lookin efter yersel.

This is oor last dance.
This is oor last chance.
We ir oorsels.
Utter pleasure.
Utter pleasure.

WAK UP DOO!
(by i'Doo Badlys)

Summer's awa, day's spent wi' i'gress an sun.
Ah dinna mind, tae pretend Ah dae seems really dumb.
Ah rise as i'mornin comes keekin throu i'blind,
Ah shouldna be up i'noo, bit Ah canna sleep, hope ye dinna mind.

Wak up, it's an affa braw mornin, i'sun shinin in yer een.
Wak up, it's jist sae bonnie, it's i'best mornin ye've ivir seen.

Jump an jive, Ah dinna recall feelin this alive.
Wak up Doo, it's nearly time tae milk i'coo.
It's early Ah ken, ye like tae lie till near on ten.
Ye think this is still i'nicht. bit here's i'mornin licht,
Mornin licht, mornin licht.

Wak up, it's an affa braw mornin, i'sun shinin in yer een.
Wak up, it's jist sae bonnie, it's i'best mornin ye've ivir seen.

Wak up, wak up. Wak up, wak up.
Wak up, wak up. Wak up, wak up.

Bit, ye canna blame me fur i'end o' summer.
Bit, ye canna blame me fur i'end o' summer.
Bit, ye got tae say, fit ye think o' i'day.
Jist tak in i'licht an it'll be aricht.

Wak up, it's an affa braw mornin, let's mak it baith yours an mine.
Wak up, it's jist sae bonnie, fur fit could be i'very last time.
Ah, ha-ha.

WATERMILL SUNRISE
(by i'Ginks)

Dirty aul burn, must ye keep flowin, rollin intae i'nicht?
Fowk ir sae busy, they mak me feel dizzy. Street lichts shine sae bricht.

Bit Ah dinna need nae freens,
As lang as Ah gaze at Watermill sunrise Ah am in paradise.
Iviry day Ah look at i'world throu' ma windae.
(Sha la la) Affa caul is i'mornin time,
Bit Watermill sunrise is fine (Watermill sunrise is fine).

Erchie meets Bunty doon at i'herbor iviry Seterday nicht.
Bit Ah am sae lazy, need tae get oot mair, an een day Ah jist micht.

Ach, bit Ah dinna feel feart,
As lang as Ah gaze at Watermill sunrise Ah am in paradise.
Iviry day Ah look at i'world throu' ma windae.
(Sha la la) Affa caul is i'mornin time,
Bit Watermill sunrise is fine (Watermill sunrise is fine).

Thoosans o' fowk, swarmin like fleas aa gingin intae toon.
Bit Erchie an Bunty, they cross ower i'brig far they feel safe an soon.

An they dinna need nae freens,
As lang as they gaze at Watermill sunrise they ir in paradise.
Iviry day Ah look at i'world throu' ma windae.
(Sha la la) Affa caul is i'mornin time,
Bit Watermill sunrise is fine (Watermill sunrise is fine).

Watermill sunrise is fine
Watermill sunrise is fine
Watermill sunrise is fine

WE WILL MOCK YE
(by Quine)

Doddie yer a big loon in oor toon,
An it's aa yer blame fur no bidin in yer hame.
Nae mask on yer face. A muckle disgrace,
Spreadin yer germs aa ower i'place.
Singin,

We will, we will mock ye.
We will, we will mock ye.

Doddie yer a richt feel, big deal,
Fleggin aul' dearies wi' conspiracy theories.
We're aa beggin ye please, try no tae sneeze.
We're no needin tae catch yer disease.
We will, we will mock ye (fit a feel!).
We will, we will mock ye.

Doddie yer a richt gype, coorse type.
Gonna pit on yer sheen - gan fur i'vaccine.
Keep twa metres awa, dinna brak i'law,
Then in i'new year a'thing will be braw.
We will, we will mock ye (sing oot!).
We will, we will mock ye.

(A'bidy).

We will, we will mock ye.
We will, we will mock ye.

(A'richt).

WEST END QUINES
(by i'Pest Shoppie Loons)

Sometimes yer better aff deid.
'Ere's a knife in yer haun pyntin richt at yer heid.
Ye think yer feel, gie unstable,
Faa'in ower chairs richt unner i'table,
In a chip shop in i'west end bittie.
Foo ye wish ye wiz back in Fittie.
No need fur i'polis, Ah'm gan ootside,
In i'west end o' toon.

Weel, i'west end toon fit looks sae fine,
Tae an east end loon an a west end quine.
Weel, i'west end toon fit looks sae fine,
Tae an east end loon an a west end quine.
West end quines.

Ower muckle shadas, whimperin voices.
Lookin at posters, ower muckle choices,
If, fan, foo, fit? It hurts a wee bit.
Hiv ye got it? Kin ye get it? If so, jist fan?
Fit div ye choose, a tent or caravan?

In i'west end toon fit looks sae fine,
Tae an east end loon an a west end quine.
In i'west end toon fit looks sae fine,
Tae an east end loon an a west end quine.
West end quines.
West end quines.

In i'west end toon fit looks sae fine,
Tae an east end loon an a west end quine.
Och, i'west end toon fit looks sae fine,
Tae an east end loon an a west end quine.
West end quines.

Hiv ye a hert o' gless or a hert o' steen,
As ye wander aroon Aiberdeen?
Ye kin see nae future, ye've nae past.
Yer here i'day, bit it winna last.
In iviry city an iviry nation.
Catch a train doon at i'railway station.

In i'west end toon fit looks sae fine,
Tae an east end loon an a west end quine.
Och, i'west end toon fit looks sae fine,
Tae an east end loon an a west end quine.
West end quines.

West end quines.
West end quines.
(Far hiv you bin?)
Quines.
East end loons.
West end quines.

WI' A TOUCHIE HELP FAE MA FREENS
(by Mo Shocker)

Fit would ye say if Ah sang in i'bath,
Wid ye stan up an walk oot on me?
Len me yer lugs an Ah'll sing in i'shoor,
Or on i'loo fan Ah'm haein a pee.
Och, Ah get by (by wi' a touchie help fae ma freens).
Aa Ah need ir muckers (try wi' a touchie help fae ma freens).
Ah said, gonna get high (high wi' a touchie help fae ma freens).
Och aye.

Fit dae Ah dee fan ma love is awa?
(Diz it worry ye fan she's no here?),
Na,na. Ah ging oot wi ma muckers tae i'fitba.
(An then hae a kebab an a beer).
An Ah'm nivir sad at aa.
Gan tae get by wi' ma freens.
(Try wi' a touchie help fae ma freens).
Aye, aye, aye, Ah'm gan tae try.
(High wi' a touchie help fae ma freens).
Keep on getting high, och aye.

Ah need somebiddy tae love
(Could it be onybiddy?)
Aa Ah need is somebiddy.
Somebiddy fan kens far Ah'm gan.
Somebiddy fan kens jist fit ah kin show them.

Ah said, gan tae mak it wi' ma freens.
(Try wi' a touchie help fae ma freens).
Aye, aye, aye, keep on tryin, aye.
(High wi' a touchie help fae ma freens).
Keep on tryin noo, och aye.

Ah div, an it's jist nae real.
(Fit div ye see fan ye turn oot i'licht?)
Nithin - it's ower dark, ye feel.

Div ye no ken Ah'm gan tae mak it wi' ma freens?
(Try wi' a touchie help fae ma freens).
Ah promised masel Ah'd get by.
(High wi' a touchie help fae ma freens).
Said Ah'm gan tae try it wi' them eence mair.

Och, weel, weel, weel.
(Could it be onybiddy?)
There's got tae be somebiddy.
Gan tae be aricht, Ah ken it.
Somebiddy fa cares fur me noo.
Och aye.

Ah said, gan tae get by wi' ma freens.
(Try wi' a touchie help fae ma freens).
Aye, Ah'm gan tae keep on tryin noo.
(High wi' a touchie help fae ma freens).
Keep on tryin wi' ma freens.
(By wi' a touchie help fae ma freens).

Och, yer no gan tae stop me onymair.
(Try wi' a touchie help fae ma freens).
Ah'm gan tae keep on tryin, aye.
(High wi' a touchie help fae ma freens).
Ah'm gettin high, Ah wint it 'is time.
Och, Ah'm gan tae get by,
Aye, Ah'm gan tae get by,
Wint tae tak 'em aa alang,
Wint tae tak 'em aa alang wi' me, aye, aye.

WID AH LEE TAE YE?
(Cherlie an Neddy)

Peer intae ma een, kin ye see they're open wide?
Wid Ah lee tae ye, quinie, wid Ah lee tae ye?
Kin ye feel ma hert, it's thumpin deep inside?
Wid Ah lee tae ye, quinie, wid Ah lee tae ye?

Abiddy winks tae ken fit's a dee,
Bit yer i'only quine fur me.
Ah've hung doon ma heid an stared richt at i'flair.
Ye ken Ah canna tak nae mair.
Ah'm shair 'at ye ken fine, ye will nivir fund anithir quine,
In 'is hert o' mine.

Peer intae ma een, kin ye see they're open wide?
Wid Ah lee tae ye, quinie, wid Ah lee tae ye?
Kin ye feel ma hert, it's thumpin deep inside?
Wid Ah lee tae ye, quinie, wid Ah lee tae ye?

Abiddy's got their history,
On iviry page a mystery.
Ye kin read ma diary, ye kin read ma mind,
Ma love fur ye is sealed an signed.
Ah'm shair 'at ye ken fine, ye will nivir fund anithir quine,
In 'is hert o' mine.

Peer intae ma een, kin ye see they're open wide?
Wid Ah lee tae ye, quinie, wid Ah lee tae ye?
Kin ye feel ma hert, it's thumpin deep inside?
Wid Ah lee tae ye, quinie, wid Ah lee tae ye?

Fan ye wint tae see me day an nicht.
(Wid Ah lee tae ye?)
Weel then, richt aside ye Ah will bide.
(Wid Ah lee tae ye?)
An Ah winna ging awa, aricht?
(Wid Ah lee?)
Ah'll ayewiz be richt by yer side.

Ah'm shair 'at ye ken fine, ye will nivir fund anithir quine,
In 'is hert o' mine.

Peer intae ma een, kin ye see they're open wide?
Wid Ah lee tae ye, quinie, wid Ah lee tae ye?
Kin ye feel ma hert, it's thumpin deep inside?
Wid Ah lee tae ye, quinie, wid Ah lee tae ye?

Peer intae ma een, kin ye see they're open wide?
Wid Ah lee tae ye, quinie, wid Ah lee tae ye?
Kin ye feel ma hert, it's thumpin deep inside?
Wid Ah lee tae ye, quinie, wid Ah lee tae ye?

WIFE IN MA'S?
(by Rabid Towie)

It's no like she's haen an affair,
She's jist a quine wi' mousy hair.
An her mithir is tryin tae sing,
An her faither telt her tae ging.
Bit, she is naewie tae be seen,
Bit ah ken she's in Aiberdeen.
Cameron's is far she wiz gan,
She wiz meetin her aul freen Nan.
Bit Ah dinna think she's gan there,
Or she's maybe nae there nae mair.
She's maybe somewie fur a dare,
An maybe she's gan tae see some,

Sailors fechtin doon i'herbor.
Hey min, watchin it blow by blow.
It's a real freebie show.
Tak a keek at i'polis,
Beatin up i'wrang loon.
Oh boy, wunner if he's seen ma spouse,
She wiz wearin a blue blouse.
Wiz ma wife in Ma's?

It's at i'beach end's second tier,
That we discussed oor plans fur i'year.
Ah ken she fine likes haen a drink,
Ah hope she keeps oot o' i'clink.
She kin ging pub crawlin in style,
Fae i'rat's tae i'aul short mile.
Bit, in some o' them she is barred,
So, they've got tae be on their guard.
In case she sneaks in oot o' sicht,
An acts feel like she did yon nicht.
Bit, ah think she'll be aricht,
Fur maybe she's gan tae see some,

Sailors fechtin doon i'herbor.
Hey min, watchin it blow by blow.
It's a real freebie show.
Tak a keek at i'polis,
Beatin up i'wrang loon.
Oh boy, wunner if he's seen ma spouse,
She wiz wearin a blue blouse.
Wiz ma wife in Ma's?

WILD CUDDIES
(by i'Rowlin Steens)

Livin as a bairn is easy tae dae.
I'stuff ye winted Ah bocht fur ye.

Bonnie quinie, Ye ken me by noo.
Ye ken 'at Ah need ye, 'at is sae true.

Wild cuddies cudna drag me awa.
Wild, wild cuddies cudna drag me awa.

Ah ken 'at ye've suffered a dull achin pain.
Ah've lookit oot fur ye again an again.

Bit, ye dinna wint me hingin aboot.
Ye mad yer feelins known, there is nae doot.

Wild cuddies cudna drag me awa.
Wild, wild cuddies cudna drag me awa.

I'clock o' life ticks an i'bell diz chime.
Ah hae ma freedom, bit nae muckle time.

Oor faith hiz been broken, that is nae lee.
Bit, let's bide igithir efter we dee.

Wild cuddies cudna drag me awa.
Wild, wild cuddies cudna drag me awa.

Wild cuddies cudna drag me awa.
Wild, wild cuddies we'll ride on them aa.

WINTAEBE
(by i'Space Quines)

Ho, ho, ho, ho, ho.
Oh, Ah'll tell ye fit Ah wint, fit ah really, really wint.
So, tell fit ye wint, fit ye really, really wint.
Ah'll tell ye fit Ah wint, fit ah really, really wint.
So, tell fit ye wint, fit ye really, really wint.
Ah wint a, Ah wint a, Ah wint a, Ah wint a,
Ah wint tae really, really, really wint a paper bag, ach.

If ye wint ony future, dinna forget i'past.
If ye wint tae ging wi' me, we cud hae a blast.
Bit dinna ye ging wastin aa ma time.
Get yer act igithir, we cud be jist fine.

Ah'll tell ye fit Ah wint, fit ah really, really wint.
So, tell fit ye wint, fit ye really, really wint.
Ah wint a, Ah wint a, Ah wint a, Ah wint a,
Ah wint tae really, really, really wint a paper bag, ach.
If ye wint tae be ma brithir, ye got tae bide in ma street.
(Got tae bide in ma street).
Mak it lest fivrivir, 'at wid be a treat.
Ah'm as aul as yer mithir, bit we dinna care.
Ah kin pit on mak up, an Ah'll dye ma hair.

Och, fit dae ye think aboot 'at?
Noo ye ken foo Ah feel.
We've got tae be igithir, it's jist nae real.
(Jist nae real).
Noo, dinna fash me, Ah'll gie it a try.
An 'en if yer nae yees, we kin say bye bye.

Ah'll tell ye fit Ah wint, fit ah really, really wint.
So, tell fit ye wint, fit ye really, really wint.
Ah wint a, Ah wint a, Ah wint a, Ah wint a,
Ah wint tae really, really, really wint a paper bag, ach.
If ye wint tae be ma brithir, ye got tae bide in ma street.

(Got tae bide in ma street).
Mak it lest fivrivir, 'at wid be a treat.
Ah'm as aul as yer mithir, bit we dinna care.
Ah kin pit on mak up, an Ah'll dye ma hair.

Here is i'story fae stert tae end.
Jist ye be gweed tae me noo, dinna drive me roon i'bend.
We've got oor Mel an Mel, as if ye couldna tell.
Ah'm sporty an scary, an Ah'm affa hairy.
Ah'm a posh Lady V, fae disna come fur free.
An i'bairn an ginge ir enuch tae mak ye cringe.

Fling yersel doon, an wrap yersel aroon.
Fling yersel doon, an wrap yersel aroon.

If ye wint tae be ma brithir, ye got tae bide in ma street.
(Got tae bide in ma street).
Mak it lest fivrivir, 'at wid be a treat.
Ah'm as aul as yer mithir, bit we dinna care.
(We dinna care).
Ah kin pit on mak up, an Ah'll dye ma hair.

If ye wint tae be ma brithir,
Ye've got tae, got tae, got tae, got tae, got tae.
Fling, fling, fling, fling (mak it lest firivir).

Fling yersel doon, an wrap yersel aroon.
Fling yersel doon, an wrap yersel aroon.
Ho, ho, ho, ho, ho, ho.
Fling yersel doon, an wrap yersel aroon.
Fling yersel doon, an wrap yersel aroon.
If ye wint tae be ma brithir.

WISH YE WIZ HERE
(by Punk Lloyd)

So, so ye think ye kin tell Heaven fae Hell.
Blue skies fae pain.
Kin ye tell a green park fae a drovers trail?
A smile though a veil?
Dae ye think ye kin tell?

Did they get ye tae trade yer heroes fur ghosts?
Het ashes fur trees?
Het air fur a caul breeze?
Caul soup fur a pie?
An did they try, tae get ye on tae i'stage,
Fur a lead role in a cage?

Foo ah wish, foo Ah wish ye wiz here.
We're jist twa lost sowels,
Sweemin in a fish bowel year efter year.
Runnin ower i'same aul grund.
Fit hiv we fund?
I' same aul fear.
Wish ye wiz here.

WUNNERWA
(by OkaySis)

Today is gan tae be i'day,
That they're gan tae fling it back at ye.
Richt noo, ye shoulda somehoo,
Realised fit ye've got tae dae.
Ah dinna believe that onybody,
Felt the wie Ah did aboot lockdoon.

Backbeat, i'word is on i'street,
That Ah really need a haircut.
Ah'm sure that ye've heard it aa afore,
Bit i'barber shopie's shut.
Ah dinna believe that onybody,
Felt the wie Ah did aboot lockdoon.

An aa i'roadies we canna hake ir windin,
An aa i'highlichts in yer heid ir blindin.
There ir loads o' things fit Ah wint tae say tae ye,
Bit Ah divna ken foo.
Because maybe, ye'll hae tae be i'een that shaves me,
An efter aa yer ma wunnerwa.

Today wiz gan tae be i'day,
Bit they'll no fling it back at ye.
Richt noo, ye shoulda somehoo,
Realised fit ye've no tae dae.
Ah dinna believe that onybody,
Felt the wie Ah did aboot lockdoon.

An aa i'roadies we canna hake ir windin,
An aa i'highlichts in yer heid ir blindin.
There ir loads o' things fit Ah wint tae say tae ye,
Bit Ah divna ken foo.
Because maybe, ye'll hae tae be i'een that shaves me,
An efter aa yer ma wunnerwa.

YE SAUCY THING
(by Het Cocoa)

Ah've bin ettin Ricicles.
Far hiv ye bin, ye saucy thing? Ye saucy thing, ye.
Ah've bin ettin Ricicles wi' a suppie coo. Ye saucy thing.

Far hiv ye bin, quinie? Did ye no ken Ah wiz needin ye?
Kin ye no see foo muckle Ah need ye?
Ye ken Ah'd gie up cereal tae feed me.
Wi'oot some toast Ah'm een o' i'hungry loonies.
Bit noo yer here 'ere's nae mair uppies an doonies.

Ah've bin ettin Ricicles.
Far hiv ye bin, ye saucy thing? Ye saucy thing, ye.
Ah've bin ettin Ricicles wi' a suppie coo. Ye saucy thing.

Far did ye cam fae, quinie? Wir ye in i'back o' i'drawer?
Bacon an sassidge wi'oot ye Ah hiv tried.
An Ah've hid ma eggs poached, scrammilt an fried.
Bit noo yer here it's clear ma brakfast's gweed.
Ettin wi'oot ma saucy quine is nae a feed.

Ah've bin ettin Ricicles.
Far hiv ye bin, ye saucy thing? Ye saucy thing, ye.
Ah've bin ettin Ricicles wi' a suppie coo. Ye saucy thing.

Yer tasty, ye saucy thing.
Let me squeeze ye, ye saucy thing.
Ah love yer tangy taste ma quinie, ye saucy thing.
It's eggs fur me.
Withoot some toast Ah'm een o' i'hungry loonies.
Bit noo yer here 'ere's nae mair uppies an doonies.

Ah've bin ettin Ricicles.
Far hiv ye bin, ye saucy thing? Ye saucy thing, ye.
Ah've bin ettin Ricicles wi' a suppie coo. Ye saucy thing.

Sqeeze ye, taste ye, quinie. Ah love i'wie ye mak things better.
It's eggs fur me. It's eggs fur me, ye saucy thing.
Ah love i'wie ye taste, ma quinie.
Ah jist love tae haud ye, jist nivir leave me, quinie.
Nivir leave me, quinie.

YE SHOULD BE JIGGIN
(by i'Gee Bees)

Ma quine comes oot at midnicht, she jigs until daybrak.
She gets flung oot o' dance halls, an telt no tae come back.

Fit ir ye deein lazin aboot doon 'ere? Aw.
Fit ir ye deein lazin aboot doon 'ere? Aw.
Ye should be jiggin, aye. Jiggin, aye.

She's sic a load o' trouble, bit she is gweed tae me.
Ma quinie is sae nimmil, though she is sixty three.

Fit ir ye deein lazin aboot doon 'ere? Aw.
Fit ir ye deein lazin aboot doon 'ere? Aw.
Ye should be jiggin, aye. Jiggin, aye.

Fit ir ye deein lazin aboot doon 'ere? Aw.
Fit ir ye deein lazin aboot doon 'ere? Aw.
Ye should be jiggin, aye. Jiggin, aye.

Ma quine comes oot at midnicht, she jigs until daybrak.
She gets flung oot o' dance halls, an telt no tae come back.

Fit ir ye deein lazin aboot doon 'ere? Aw.
Fit ir ye deein lazin aboot doon 'ere? Aw.
Ye should be jiggin, aye. Jiggin, aye.

Fit ir ye deein lazin aboot doon 'ere? Aw.
Fit ir ye deein lazin aboot doon 'ere? Aw.
Ye should be jiggin, aye. Jiggin, aye.

Ye should be jiggin, aye.
Ye should be jiggin, aye.
Ye should be jiggin, aye.
Ye should be jiggin, aye.
Ye should be jiggin, aye.

OTHER BOOKS BY THIS AUTHOR

Doric Ditties
(humorous rhymes)

The Bottles
(humour - Doric and Scots versions)

Some Silly Safety Stories
(humorous rhymes)

Molvie's Children
(fantasy adventure)

Sleepytime Stories
(a collection of personalised betime tales)

Score!
(football quiz and puzzle book)

Tune!
(music quiz and puzzle book)

Watch!
(television quiz and puzzle book)

© Brian Whyte, 2021

Printed in Great Britain
by Amazon